Hannelore Deinert

Der Graf von Transsilvanien

Eine zufällige Begegnung.

Inhaltsverzeichnis

Bibliografische Information der Deutschen Nationalbibliothek: Die Deutsche Nationalbibliothek verzeichnet diese Publikation in der Deutschen Nationalbibliografie; detaillierte bibliografische Daten sind im Internet über dnb.dnb.de abrufbar.

„Herstellung und Verlag:
BoD – Books on Demand, Norderstedt“
.
ISBN 9783749469116

Rumänien

Eine zufällige Begegnung

Mein Mann Bernhardt und meine Wenigkeit, Charlotte Baumgart, hatten auf Sardinien zwei Wochen Urlaub gemacht, man sollte meinen, wir wären erholt und entspannt gewesen. Aber als wir mit unserem Gepäckwagen die Flughalle des Airports von Cagliari betraten, war davon rein nichts mehr zu spüren.

Schon auf dem Weg zum Flughafen hatten wir uns verfahren. Weiter nicht schlimm, wir hatten genug Zeit für die Fahrt und das Einchecken eingeplant. Aber dann wollte die Schranke zum Flughafenareal nicht aufgehen, hinter uns Autos, deren Fahrer es eilig hatten. Irgendwie schafften wir es dann doch hinein, aber wo zum Teufel war unsere Autovermietung, mein Adrenalin-Spiegel fing unmerklich an zu steigen. Als wir sie endlich gefunden hatten, wollte die Schranke davor, wie viele denn noch, nicht hochgehen, ich spürte förmlich, wie die Insassen der Autos hinter uns den Blödmann, der den ganzen Betrieb aufhielt, verwünschten. Jemand kam und half das verflixte Ding von Schranke zu öffnen, wir konnten den Mietwagen auf seinen Platz abstellen. Erleichtertes, wenn auch beschämtes Aufatmen.

Nun aber brauchten wir für unsere Koffer und Taschen einen Gepäckwagen, irgendwo mussten doch welche sein, bis zu den Abfertigungshallen war es schließlich ein gutes Stück zu laufen. Bernhardt spurtete los um einen zu suchen. Warum nur kam er nicht zurück. Nur die Ruhe, sagte ich mir, noch haben wir genug Zeit. Als er endlich mit einem Wagen kam, musste er dringend auf die Toilette. Wahrscheinlich war ihm die Aufregung auf die Blase geschlagen, er sah ziemlich gehetzt aus. Aber auch von dort kam er nicht zurück. Sollte ich nach ihm schauen? Vielleicht ist ihm was passiert, immerhin hatte er im Frühjahr einen Herzinfarkt. Aber unsere Koffer, die Taschen, den Fotoapparat konnte ich doch nicht einfach so stehen lassen. Also warten. Bis zum Abflug war ja noch Zeit, aber die ließ sich uns zuliebe bestimmt nicht aufhalten. Als Bernhardt endlich verlegend grinsend kam, erklärte er, die verflixte Verriegelung der Toilettentür habe geklemmt, er musste sie erst reparieren, bevor er raus konnte. Aber keine Panik, es ist noch genug Zeit bis zum Abflug. Das sagte ich mir auch, aber mein Adrenalin-Spiegel kümmerte das wenig, er spielte langsam verrückt.

Zu meinem Schrecken konnte ich, als wir endlich die Flughalle betraten, die Schrift auf den Ankunfts- und Abflugtafeln und die Hinweisschilder zu den Abfertigungsschaltern und den Gates nicht lesen, sie waren total vernebelt, ich spürte, wie Panik in mir hochkroch. „Ich sehe alles total verschwommen", sagte ich zu Bernhardt. Das schien ihm irgendwie den Rest zu geben, er wirkte ratlos, nervös, unkoordiniert, es war wie im Albtraum, zwei hilflos Umherirrende in einer fremden Welt. Bernhardt fragte einen anderen Fluggast nach dem Abfertigungsschalter der Condor-Maschine, erst da sahen wir die vielen Menschen vor einem der Schalter, über dem, wie ich mehr erahnen als entziffern konnte, „Condor/ Frankfurt" stand, Toll, so ungefähr musste sich ein Analphabet fühlen. Wir stellten uns beschämt ob unserer Unsicherheit und Unfähigkeit hinter den Leuten an.

Kaum waren die Koffer aufgegeben, da wurde mir schwindelig und übel. Bernhardt schaute mich besorgt an und meinte, ich sehe aus wie eine frischgetünchte Wand Er dirigierte mich vor ein Bistro, wo ich mich auf einen Stuhl niederließ. „Mist", dachte ich, „den Heimflug kannst du jetzt vergessen. Was machen wir jetzt?"

Bernhardt gab mir einen Apfel, ich biss hinein und merkte, dass es mir allmählich besser ging, Schwindel und Übelkeit ließen merklich nach, richtig sehen konnte ich allerdings immer noch nicht.

Zuhause war die Sache beinahe vergessen, zumal ich fast wieder so gut oder so schlecht sehen konnte wie zuvor. „Du wirst alt", sagte ich mir. „Kannst eben keinen Stress mehr vertragen."

Im vertrauten Familienkreis kam dann die Rede doch noch auf meinen Nervenkollaps oder was es sonst gewesen sein mochte, aber unsere kluge Tochter, sie ist Röntgenassistentin, meinte, es könnte auch ein leichter Schlaganfall gewesen sein. Nach einem Mini-Schlaganfall folgt nach einem kurzen Zeitfenster gewöhnlich ein größerer.

Diese Ansicht vertrat auch unser Hausarzt, den ich am folgenden Tag aufsuchte. Er überwies mich kurzerhand nach Darmstadt in die städtischen Kliniken. Dort gäbe es eine sehr gute Neurologie, wo man mich auf Herz und Nieren durchchecken würde, versprach er.

Bernhardt brachte mich in die Notaufnahme, der Gute übertreibt gern ein bisschen. Als dort alle notwendigen Formulare ausgefüllt waren und die Voruntersuchungen begannen, Blutabnahme, Blutdruck, Reaktionen und so weiter, überließ er mich meinem Schicksal und fuhr nach Hause.

Die Voruntersuchungen dauerten bis zum späten Nachmittag, dann brachte man mich in ein Zweibettzimmer. Allerdings stand vorerst nur ein Bett drin, was den Raum noch kahler und steriler wirken ließ, als er ohnehin schon war. Schon klar, in einem Privat-Sanatorium befand ich mich hier nicht, aber ein paar Tage wird es schon gehen, dachte ich. Ein Blick aus dem bis zum Boden reichende Fenster, hinunter auf einen herbstlich bunten Park, machte diesen Eindruck wieder wett, ich würde diesen Ausblick sogar im Bett liegend genießen können. Immerhin hing ein Flachbildschirm an der Wand und neben dem Bett entdeckte ich den dazugehörenden Anschluss für einen Kopfhörer. Die allerdings musste man sich unten, bei der Anmeldung für kleines Geld besorgen. Dort hatte ich auch Bistrostühle gesehen.

Ich packte meine Sachen in den mir zugewiesenen Spind und wollte gerade meinen Waschbeutel ins Bad bringen, als eine weitere Patientin, von einigen

ihrer Familienangehörigen, wie ich annahm, begleitet, in einem Bett herein geschoben wurde. Flüchtig
sah ich ein blasses, kleines Greisengesicht auf dem
Kissen liegen und dachte; „Ach, herrje, das kann ja
heiter werden." Sogleich schämte ich mich ob dieses
törichten Gedankens.

Ich hing im Bad meine Handtücher auf und stellte
meinen Waschbeutel auf eine Ablage. „Ist ja nur für
ein paar Tage", tröstete ich mich. Im Vorbeigehen
grüßte ich die Leute vor dem Bett der Greisin, holte
mein mitgebrachtes Buch aus dem Spind, setzte mich
damit auf mein Bett und versuchte zu lesen. Wenigstens dazu würde ich jetzt Zeit haben.

Gegen Abend bekam ich die Termine für den folgenden Tag mitgeteilt, um 9,30 einen Venen- und Arterien-Test und um 11,15 ein Belastungs-EKG, danach
durfte gewählt werden, was am morgigen Tag ser-
viert werden soll, vegetarisch oder normal.

Ich nahm das Abendbrot am kleinen Tisch ein, während die alte Dame auf ihrer Bettkante sitzend, mühsam ihr Brot belegte, es zerkleinerte, die Brotbrocken
in den Mund schob und bedächtig kaute. Sie wirkte
klein, gebeugt und hinfällig, ihre Füße steckten in
dicken Strümpfen und Pantoffeln, ihre Waden, die

etwas unter ihrem Nachthemd hervorkamen, waren unförmig aufgeschwemmt. Das Alter machte ihr unübersehbar zu schaffen.

Etwas später wurden Blutdruck und Fieber gemessen, bei mir war alles okay, natürlich, ich war ja nur zur Beobachtung hier. Wir wurden gefragt, ob ein leichtes Schlafmittel oder eine Verdauungshilfe gewünscht ist. Die Alte bat um ein leichtes Schlafmittel. Als es auf ihrem Nachtisch lag, wurde uns eine gute Nacht gewünscht und wir waren allein.

Ich ging unter die behindertengerechte Dusche. Als ich fertig war und mich in mein Bett begab, schlürfte die Greisin ins Bad. Ich hörte die Toilettenspülung und das Rauschen des Wasserhahns. Ein wenig später kam sie heraus und begab sich stöhnend und leise vor sich hin klagend ebenfalls in ihr Bett.

Ich sah nun den Zeitpunkt für gekommen, mich vorzustellen. „Hallo", meinte ich freundlich. „Mein Name ist Charlotte Baumgart. Ich hoffe, ich werde Sie mit meinem Schnarchen nicht allzu sehr stören. Mein Mann meint, es wäre meist erträglich."

„Hallo", kam es mit zarter Greisenstimme, mit unüberhörbar osteuropäischem Akzent zurück. „Ich heiße Annalena Haberle. Leider habe ich einen sehr leichten Schlaf, wenn ich überhaupt schlafen kann. Hat die Schwester eine Schlaftablette dagelassen? Oh, ja, da liegt ja eine. Ich werde sie einnehmen.

Sie setzte sich stöhnend auf, tastete mit zitternden Händen nach der Tablette auf ihrem Nachttisch, schob sie in den Mund und spülte mit etwas Wasser, welches in einem Glas bereitstand, nach. Danach sank sie aufstöhnend auf ihr Kissen zurück.

Ich knipste mein Nachtlicht an, bauschte mein Kissen etwas auf, griff nach meinem Buch und legte mich zum Lesen zurecht. „Bernhardt muss mir morgen unbedingt ein Nackenkissen mitbringen", dachte ich.

„Wissen Sie", vernahm ich da die Greisenstimme meiner Bettnachbarin, „meine Familie ist deutschstämmig, sie lebte viele Generationen lang in Rumänien, in Siebenbürgen. Aber dort waren wir immer die Minderheit, die Donauschwaben, die ungebeten in ihr Land gekommen sind. Hier in Deutschland sind wir die Rumänen, die besser zuhause geblieben wären. Trotz allem, es war gut, dass mein Bruder mit seiner Familien und mit mir nach Deutschland gekommen ist. Hier haben seine Kinder eine gute Zukunft, hier können sie lernen, studieren und arbeiten. Wir hatten Glück, mein Bruder konnte ein altes Haus kaufen, ein sehr heruntergekommenes Haus. Es hat lange gedauert, bis alle Arbeiten daran einigermaßen getan waren."

„Wo wohnen Sie denn mit ihrer Familie", fragte ich höflich und legte mein Buch erst einmal auf meiner Bettdecke ab.

Die Alte dachte eine Weile angestrengt nach, dann murmelte sie: „Wir wohnen in Reutlingen." Ihre Stimme war sehr leise, so dass ich Mühe hatte, sie zu verstehen. „Ich glaube", meinte sie unsicher, „man hat mich wegen der Neurologie hergebracht, sie hat einen sehr guten Ruf, sagt man. Wissen Sie, meine Familie ist sehr besorgt um mich. Sie sagen es nicht, aber sie befürchten, ich könnte Alzheimer haben. Ich glaube es ja selbst, denn ich vergesse wirklich alles."

„Nun", meinte ich tröstend, „in ihrem Alter darf man auch einmal was vergessen. Ich vergesse auch viel, aber was soll's, man wird ja nicht jünger."

Die Alte schwieg, sie dachte wohl über meine Worte nach. Oder war sie eingeschlafen? Ich nahm mein

Buch wieder zur Hand, aber da hörte ich erneut ihre Greisenstimme.

„Ich weiß nicht, wie alt ich bin, aber ich glaube, der Herrgott hat mich vergessen." Sie schaute prüfend zu mir herüber und als sie sah, dass ich sie erstaunt anschaue und ganz Ohr war, meinte sie:

„Wissen Sie, in Siebenbürgen bewohnten wir eines der bescheidenen Häuschen, welche sich die Donauschwaben, wie sie uns nannten, nahe bei Hermannstadt gebaut hatten. Wir hielten zusammen, notgedrungen, denn wir waren und blieben unerwünschte Fremde, die ungefragt in das Land kamen.

Als mein Vater in den Krieg musste, wurde es für meine Mutter wohl zu viel, sie erkrankte schwer und starb. Mein Bruder war damals vielleicht zwölf Jahre alt, ein wenig älter als ich, wir hatten nun nur noch uns. Unsere Nachbarn, die Hagedorns, nahmen uns auf, und weil sie selbst viele Kinder hatten, bewohnten sie bald auch unser Haus. Sie nahmen alles in Beschlag, was sich darin befand, sozusagen als Entschädigung für unseren Unterhalt und die Mühe, die wir ihnen machten. Sie nahmen Mutters kleine Schatulle, worin sie alles aufbewahrt hatte, was ihr kostbar war, zum Beispiel ein von ihr sehr geschätztes

14

und selten getragenes Amulett, ein Erbstück ihrer Großeltern. Sie nahmen ihre selbstgeschneiderten Kleider und ihre Schuhe, sogar den von ihr sehr geliebten Zobel-Pelzkragen, ein Hochzeitgeschenk unseres Vaters.

Wenn Vater kam, er kam sehr selten, wurde er von unseren Pflegeeltern überaus freundlich aufgenommen und bewirtet, trotzdem wirkte er immer sehr traurig und niedergeschlagen. Wenn er sah, dass ich es bemerkte, dann nahm er mich auf seinen Schoß und meinte tröstend: „Es ist wegen Mama, Lena, ich vermisse sie so sehr. Aber weißt du, wenn der Krieg erst einmal vorbei ist, dann werden wir wieder in unser Haus ziehen und alles wird gut sein. Das verspreche ich dir."

Ich glaubte meinem Vater. Aber dann kam es doch ganz anders, als er dachte."

Mein Handy surrte. Es war Bernhardt, er fragte, wie es mir gehe. „Alles gut", meinte ich, „aber bring mir morgen bitte mein Nackenkissen mit und vielleicht ein bisschen Obst." Wir plauderten noch ein wenig miteinander und wünschten uns schließlich eine gute Nacht.

Bei der Alten im Nachbarbett hatte indessen die Schlaftablette gewirkt, sie war eingeschlafen. Ich versuchte auch zu schlafen und wälzte mich dabei von einer Seite auf die andere. Morgen werde ich mir wohl auch ein leichtes Schlafmittel geben lassen, nahm ich mir vor.

Am nächsten Tag erfolgten die angesagten Untersuchungen, um 9,30 ein Venen- und Arterien-Test und um 11,15 ein Belastungs-EKG. Danach das Mittagessen, welches ich am Tischchen einnahm und meine Bettnachbarin wie gehabt auf ihrer Bettkante sitzend.

Am frühen Nachmittag bekam die alte Dame Besuch, reichlich Besuch für einen Werktag, fand ich. Es kamen vier oder fünf Männer und Frauen, die Obst, Gebäck und Zeitungen mitbrachten. Während eine der Frauen mit der Greisin ins Bad ging, schüttelten die anderen ihr Bett und ihr Kissen auf.

Als die Greisin, gekämmt und mit einem frischen Nachthemd angetan, von der Frau begleitet wieder zurückkam, wurde sie sorgsam in das Bett gebettet und leise und beruhigend mit ihr gesprochen.

Ich muss sagen, über so viel Fürsorge war ich gerührt und überrascht. Diese Familie, das war nicht zu übersehen, war es gewohnt zusammenzustehen.

Als Bernhardt kam, begaben wir uns hinunter in das ungemütliche Bistro und tranken einen Kaffee, einen akzeptablen Kuchen gab es leider nicht. Danach spazierten wir in der Klinik herum, ich im leichten Trainingsanzug, denn Morgenmäntel und ähnliches sind mir ein Gräuel. Mehr noch sind es Krankenhäuser generell, denn meiner Meinung nach geht man relativ unversehrt hinein und kommt irgendwie beschädigt wieder heraus. Wir lasen ohne viel Interesse die Anzeigetafeln, worauf zu lesen war, in welcher Etage welche Ärzte zu finden sind. Einen der Ärzte kannte Bernhardt, den Kardiologen nämlich, der ihm im Frühjahr einen Stand gesetzt hatte.

Als die Besucher fort waren, das Abendessen eingenommen und das übliche Prozedere, Auswählen des morgigen Essens, Fieber- und Blutdruckmessen und die Tablettenausgabe erledigt war, ging ich ins Bad und machte mich bettfertig. Eine Nacht und ein Tag waren zum Glück schon geschafft.

Aber kaum lag ich im Bett und hatte mein Buch zur Hand genommen, da hörte ich die altersschwache

Stimme meiner Bettnachbarin. „Wissen Sie", sagte sie, „ich bin herzlich froh, dass mein Bruder mit seinen Kindern und mir nach Deutschland gekommen ist, hier haben sie ein gutes Leben. Sicher, am Anfang war es auch nicht leicht, wir waren eben unerwünschte Asylanten, aber in Rumänien ist das Leben vor allem für die Jungend ungleich härter. Wenngleich nach der Revolution vieles besser wurde."

Und wieder erzählte sie mit leiser, greiser Stimme von Rumänien, von damals, als sie klein war. Sie schien in ihre Erinnerungen vollkommen einzutauchen und erzählte von einer lang vergangenen Zeit, so als wäre sie erst gestern gewesen. Manchmal warf sie mir wie erwachend einen kurzen, prüfenden Blick zu, wohl um zu sehen, ob ich noch zuhöre. Ja, ich hörte ihr zu und je mehr ich hörte, umso mehr nahm mich ihre Geschichte gefangen. Die Alte vergaß mich zeitweise völlig, ich hatte den Eindruck, für sie war ich ein unsichtbarer, geduldiger Zuhörer, dem man ohne Vorbehalte alles erzählen und alles anvertrauen kann. Ich lauschte mehr und mehr fasziniert und fühlte bald, ich hatte das unwahrscheinliche Privileg, sozusagen aus erster Quelle dem unverfälschten Bericht einer Zeitzeugin zuhören zu dürfen.

Es wäre wirklich schade, wenn ihre Geschichte ver-
lorenging. Ich musste Bernhardt bitten, mir morgen
einen Schreibblock mitzubringen, damit ich in
Stichworten mitschreiben konnte, um nichts zu vergessen.

Dorf der Donauschwaben im 19. Jahrhundert.

Vaters neue Familie.

„Mein Vater galt als tot", murmelte Frau Haberle. „Als er dann doch noch kam, kannten ihn mein Bruder und ich kaum noch, er war uns fremd geworden. Er war sauber gekleidet, mit einer ordentlichen Joppe, einer guten Hose und guten Schuhen, aber sein Gesicht war knochig und hart und seine Augen ernst und melancholisch, so als hätten sie viele schlimme Dinge gesehen.

Er war kein armer Mann, denn er kam auf einem kleinen Pferdefuhrwerk angefahren. Das war eine Sensation in der armseligen Siedlung der Donauschwaben, die sich mühsam mit ein wenig Landwirtschaft und Kleinvieh über Wasser hielten. Wer ein Pferd oder ein Rind oder auch zwei halten konnte, galt als reich.

Als Vater vom Bock des Fuhrwerks sprang, wurde er sogleich von unseren Pflegeeltern, den Hagedorns, herzlich begrüßt. Eine Kinderschar, darunter auch mein Bruder Wolfgang und ich, kamen und die Nachbarn mit ihren Kindern und Hunden, um den

Totgeglaubten zu sehen. Der aber nahm meinen Bruder und mich wortlos an den Händen und meinte zu den Hagedorns: „Lasst uns reingehen. Ich habe mit euch zu reden."

Die Hagedorns bewirteten unseren Vater großzügig mit einem großen Krug Most und mit Hühnerbrühe, aber es war ihnen anzusehen, dass es ihnen nicht sehr wohl zumute war. Sie dachten wohl, sie hätten sich weiß Gott nichts vorzuwerfen, nach all den Jahren, in denen sie sich um seine Kinder so gut wie für die eigenen gekümmert hatten. Es war schon richtig, wir bekamen jeden Tag zu essen, Brot und Haferbrei, wir waren auch stets bekleidet, wenn auch mit den abgetragenen, geflickten Sachen ihrer Kinder, und sie hatten uns wie die ihren in die Dorfschule geschickt. Natürlich hatten sie unser Haus mitbenutzt, Frau Hagedorn war der Meinung gewesen, das stehe ihnen zu. Sollte es etwa all die Jahre leer stehen, während ihr Haus aus allen Nähten platzte? Und natürlich waren die Gegenstände im Haus nach der langen Zeit verbraucht oder kaputt und der Schmuck und die Sachen seiner Frau verkauft, immerhin mussten zwei Mäuler mehr gestopft werden. Außerdem konnten sie sich von dem Geld ein Stück Land zukaufen. Das war mehr als gerecht, nachdem sie seinen Kindern solange Unterschlupf gewährt hatten.

Zu ihrem Erstaunen aber interessierte sich Vater nicht dafür, er fragte nur, nachdem er gegessen und getrunken hatte, wie viel er für die Pflege seiner Kinder schuldig sei. Er werde sie jetzt mitnehmen.

Die Hagedorns mussten sich erst von ihrer freudigen Überraschung erholen, dann fragte Herr Hagedorn: „Wohin wollt ihr denn gehen, Walter? Und woher hast du das schöne Pferdegespann, mit dem du gekommen bist?"

„Es gehört meiner Frau", meinte Vater ruhig. „Wir haben uns im Arbeitslager kennengelernt, sie arbeitete dort im Hospital. Sie besitzt in den Bergen, in einem kleinen Dorf ein Haus, dort werden wir in Zukunft wohnen. Also, was bin ich euch schuldig? Eigentlich müsste mit meinem Haus samt Inventar, dem Geschirr und den Sachen meiner verstorbenen Frau, die ihr euch bereits einverleibt habt, alles abgegolten sein, nicht wahr?" Dabei betrachtete er uns, seine schäbig gekleideten, mageren Kinder, die wie verschreckte Spatzen auf der Ofenbank hockten, mit einem langen Blick. Mein Bruder und ich verstanden nur eins, dass sich für uns eine große Veränderung anbahnen würde. Der uns fremd gewordene Vater, an den wir uns kaum noch erinnerten, wollte uns mit dem prächtigen Fuhrwerk, mit dem er gekommen ist, wegbringen.

„Es war uns eine selbstverständliche Pflicht, Walter", meinte Frau Hagedorn bescheiden. „Ein Akt der Nächstenliebe. Sollten wir zusehen, wie deine Kinder in ein Waisenhaus gebracht werden? Jeder weiß doch, wie es dort zugeht."

Allerdings, davon hatte Vater wohl gehört, er war froh, dass dies seinen Kindern erspart geblieben ist. Also verabschiedete er sich schnell und bestieg mit uns, die wir nichts hatten, um es mitzunehmen, den Bock des Fuhrwerks. Als wir aus der Siedlung fuhren, winkten mein Bruder und ich nicht zurück.

Wir fuhren gen Osten, im Süden stetig von dem beeindruckenden Panorama der Karpaten begleitet. Die Fahrt verlief zügig auf einem festgefahrenen, breiten Weg.

Nach einiger Zeit fragte Vater, ob wir am Flüsschen, das wir nun bald überqueren werden, eine kleine Rast einlegen sollen. Das Wasser dort sei sehr klar und schmecke gut.

Das sei nicht nötig, bekam er zu hören, dann war wieder Schweigen angesagt.

Eine Weile später meinte Vater: „Wisst ihr, ich habe wieder geheiratet, eine liebe Frau, sie heißt Cora Nawosky. Ich habe sie in einem jugoslawischen Arbeitslager, in einem Lazarett kennengelernt, sie half dort die verletzten Gefangenen wieder arbeitsfähig zu machen. Ich selbst wurde wegen einer Kopfverletzung dorthin gebracht. Cora war sehr nett, aber auch traurig, und als ich sie deswegen ansprach, meinte sie, dass sie um ihren Mann trauere, der nicht aus dem Krieg zurückkehren wird, er sei gefallen.

Nach dem Krieg wurde das Arbeitslager aufgelöst und Cora nahm mich mit zu sich nach Hause, in ein Bergdorf. Dorthin bringe ich euch jetzt auch, es wird euch dort gefallen. Ihr werdet Cora, meine Frau, mögen, sie ist sehr lieb. Sie hat zwei Jungs, ungefähr in eurem Alter, sie heißen Ulf und Arnd. Eine Oma Margot gibt es auch, sie versorgt das Haus, in dem wir in Zukunft wohnen werden. Ein sehr schönes, großes Haus, ihr werdet sehen."

Wolfgang und ich vernahmen die Stimme unseres Vaters, ohne ihn wirklich zu verstehen. Wir saßen eng zusammengerückt und gaben uns gegenseitig

Schutz und Geborgenheit, sowie wir es von jeher taten. Wir lauschten seiner Stimme, es war Vaters Stimme, wir erkannten sie, sie war das einzig Vertraute in einer fremden Welt, in die uns ein unermüdlich trabendes Pferd brachte. Das Ungewisse, das auf uns wartete, machte uns Angst.

Unversehens waren die Berge näher gerückt, auf manchen Hängen waren Weinstöcke zu sehen, doch meistens führte der Weg durch dunkle, hohe Nadelwälder. Je mehr wir in die Berge kamen, umso kühler wurde es. Ich zog fröstelnd mein dünnes Jäckchen über meiner Brust zusammen.

Das neue Zuhause.

Es dämmerte bereits, als wir endlich reichlich durchgerüttelt ein kleines Dorf erreichten, es lag eingebettet in einem Tal, ein lebhafter Bach, dem wir schon eine Weile gefolgt waren, floss mittendurch. Im Vorbeifahren sahen wir eine kleine, aus Felssteinen erbaute Kirche, sie hatte einen niederen, quadratischen Glockenturm. Über dem Eingang eines wie ein Gasthaus aussehendes Haus befand sich der Schriftzug „Grundschule", daneben hing von einer verwitterten Stange ein Schild herab, worauf der wenig einladende Name „Zum Höllengrund" zu lesen war. Ein Dutzend niedriger, schindelbedeckter Häuser, vor denen Holzscheite aufgeschichtet waren, schmiegten sich entlang der felsigen, bewaldeten Hänge.

Vor dem größten und schönsten Haus zügelte Vater das Pferd, er sprang vom Bock und half auch uns herunter. „Wir sind da, Kinder", meinte er aufmunternd. „Nun, was meint ihr? Ist es nicht ein sehr schönes Haus, in dem wir wohnen werden?"

Nun, es war auf jeden Fall das schönste und stolzeste Haus, das wir je gesehen hatten. Während Vater das Pferd ausspannte, betrachtete ich das große, steile, Schindeldach mit den Gauben-Fenstern, es überspannte großzügig eine lange, weiße Hausfront mit vielen, kleinen Fenstern, vor denen bepflanzte Wannen hingen, und ein Nebengebäude, vielleicht ein Schuppen oder ein Stall. Ein gemauerter Brunnen befand sich auf dem schmalen Platz davor. Hinter dem Haus wuchs eine steile Felswand empor.

Nachdem Vater das Pferd ausgespannt hatte, folgten wir ihm in das Nebengebäude. Es war ein Stall mit drei Pferdeboxen, in eine davon brachte Vater das Pferd, die anderen Boxen waren leer. Während Vater hinausging und Wolfgang dem Pferd zuschaute, wie es Hafer fraß, schaute ich mich im Stall um. Er war groß, ein Lastenschlitten stand an einer Wand, daneben hingen ein Schlitten und etliche Pferdegeschirre, Sättel, Gerten und dergleichen, ein breiter Schneeschieber und ein Besen standen dabei. Die Winter im Siebengebirge sind sehr schneereich und sehr lang, muss man wissen. Unter einem kleinen, mit Spinnweben überzogenen Fensterchen befand sich so etwas wie eine Werkbank, allerlei Werkzeug lag darauf.

Vater kam mit einem Eimer Wasser zurück, den er vom Brunnen geholt hatte, und stellte ihn vor das Pferd.

Als er etwas später mit einem gusseisernen Türklopfer an die Tür des Wohnhauses klopfte, sie war wie die Fensterrahmen aus festem Eichenholz, öffnete uns ein blonder Junge. Hinter ihm erschien sogleich ein zweiter, etwas kleinerer, der wohl in meinem Alter sein mochte.

„Hallo, ihr zwei", meinte Vater freundlich. „Wir sind da. Das sind meine Kinder, Lena und Wolfgang. Lena und Wolfgang, das sind Ulf, „er zeigte auf den größeren der beiden, „und Arnd. Ist eure Mutter zu Hause, Ulf?"

„Nein", meinte Ulf, der größere, und betrachtete uns kritisch, aber keineswegs unfreundlich. Der kleinere Arnd schlenderte hinter uns her, als wir durch einen dunklen Gang, in einen geräumigen, dunklen Wohnraum gingen.

Alles darin erschien mir riesig, der wuchtige Tisch, die großen Kommoden, die ledernen Sessel vor dem großen, grünen Kachelofen. In einem davon saß eine alte Frau, ihr graues Haar war zu einem Dutt geknotet. Sie schaute mürrisch von ihrer Stopfarbeit auf und musterte uns argwöhnisch. Ihr knochiges, vergrämtes Gesicht zeigte nicht die geringste Spur von Freundlichkeit. Ich fürchtete mich von Anfang an vor ihr.

„Guten Tag, Großmutter Margot", grüßte sie Vater. „Ich habe meine Kinder, Lena und Wolfgang, mitgebracht. Lena und Wolfgang, sagt Großmutter Margot guten Tag."

„Guten Tag, Großmutter Margot", sagten wir brav.

Die Alte musterte uns mit zusammengekniffenen Augen, dann erhob sie sich. „Cora ist noch unterwegs", meinte sie zu Vater. „Es scheint dieses Mal länger zu dauern. Wir können schon einmal essen."

„Danke, Großmutter Margot", meinte Vater. Er führte uns in eine große Küche, in der sich neben einem großen Herd ein Ziehbrunnen mit einem grauen, blank gescheuerten Steinbecken befand. Während Vater die Handpumpe betätigte und wir uns an dem Wasserstrahl die Hände wuschen, auch ein wenig davon tranken, meinte er erklärend: „Ihr müsst wissen, Cora, meine Frau, ist viel unterwegs, sie hilft den Babys auf die Welt. Sie ist die einzige Hebamme in dieser Gegend, deshalb hat sie viel zu tun. Ihr werdet sie später kennenlernen."

Wir setzten uns an den großen Tisch, Großmutter Margot hatte einen Korb mit dunklen Brotscheiben und ein Brett mit Schinkenspeckscheiben und grober Leberwurst darauf gestellt. So etwas Leckeres hatten wir noch nie gegessen, allein schon der Duft ließ uns das Wasser im Munde zusammenlaufen und unseren sowieso schon großen Hunger ins Unerträgliche wachsen. Wir verschlangen das große Brot, das uns Vater mit Leberwurst bestrichen hatte, viel zu gierig und zu hastig und sicher nicht besonders geräuschlos, wobei wir versuchten, die verächtlich strenge Miene der Großmutter und ihre missbilligenden Blicke zu ignorieren. Ansonsten verlief das erste Abendessen in unserem neuen Zuhause schweigend und im kargen Kerzenlicht, was normal war. Elektrisches Licht konnten sich nur sehr, sehr reiche Leute leisten.

Nach dem Essen zeigte uns Vater die Kammer, in der Wolfgang und ich von nun an wohnen sollten. Es war eine Kammer unter dem Dach und nur für uns allein, wir konnten es kaum glauben. Auch die zwei großen Betten mit dem weißleinenen, reinen Bettzeug sollten nur für uns sein. „Die anderen in der Familie haben ihre eigenen Betten", erklärte Vater.

Das war neu für uns, denn bisher teilten wir eine Bettstatt mit mehreren Kindern.

„Macht doch einmal die Truhe auf", forderte uns Vater auf. Wir öffneten also die Truhe und fanden darin sauber zusammengelegte Wäsche, Strümpfe, Pullover, für mich ein Wollkleid, einen Rock und eine Bluse, für Wolfgang eine nagelneue Hose aus gutem Stoff und ein Hemd. „Ich hoffe, die Sachen passen und gefallen euch", meinte Vater lächelnd. „Cora hat sie ausgesucht. Sie freut sich schon sehr euch zu sehen."

Dann ließ uns Vater allein und wir konnten ausgiebig unser neues Reich bewundernd. Außer der Truhe gab es noch ein Regal, einen Tisch, zwei Stühlen und eine Tür zum Zumachen. Ein unglaublicher, nie gekannter Luxus, Vaters Frau musste sehr, sehr reich sein. Ein Blick aus dem Fensterchen zeigte eine feuchte, mit Moos und Flechten bewachsene Felswand.

Ich lächelte meinen Bruder glücklich an. „Es ist schön, Wolfi, dass uns Vater hierher gebracht hat, nicht wahr?", meinte ich.

„Ja, Lena, das finde ich auch. Es ist gut, beim Vater zu sein." Dass auch er sich vor der Großmutter Margot fürchtete und sie ihm unheimlich erschien, das verschwieg er wohlweislich. Aber das konnte man ihm ansehen.

Die greise Stimme im Nachbarbett verstummte, Frau Haberle war eingeschlafen. Ihre Lippen aber bewegten sich leicht, so als wäre sie im Traum noch immer in ihrer Kindheit. Ich hätte es gern gewusst.

Als mein Handy surrte, fiel mir Bernhardt ein. Oh, je, wir hatten ausgemacht, dass ich ihn anrufen wollte, wenn es mir am günstigsten erscheinen würde.

„Hallo", meldete er sich mit ziemlich verschlafener Stimme. „Du hast mich wohl vergessen, oder?"

„Wie könnte ich, Berni. Bist du schon im Bett?"

„Nein", meinte er, „ich verschlafe gerade einen Krimi. Die sind auch nicht mehr das, was sie einmal waren. Wie geht's dir?"

„Bestens", gab ich Bescheid. „Venen- und Arterien-Test und das Belastungs-EKG gut bestanden, nichts Auffälliges. Und du, was treibst du so den lieben langen Tag, wenn dich keiner ärgert und herumkommandiert?"

„Es ist auszuhalten. Bei dem vollen Gefrierschrank fehlt es mir an nichts, außer dass es viel zu still im Haus ist. Was hast du denn den ganzen Abend gemacht? Auch ferngeschaut oder gelesen?"

„Weder noch. Meine Bettnachbarin hat den ganzen Abend von ihrer Kindheit erzählt. Dass sie dement sein soll, davon ist nichts zu merken, jedenfalls was ihre Erinnerungsfähigkeit anbelangt. Vielleicht sollte ich mitschreiben, wenigstens in Stichwörtern. Bringst du mir morgen bitte meinen Schreibblock mit?"

„Mach ich. Aber jetzt werde ich in mein einsames Bett kriechen. Bis morgen, mein Engel. Schlaf recht schön."

„Du auch, Berni. Bis morgen. Gute Nacht."

Wappen von Siebenbürgen bis 1919

Der geheimnisvolle Graf

Der nächste Tag verlief nach dem gewohnten Schema, Fieber- und Blutdruckmessen, Waschgang, Frühstück und Abholen zu den Untersuchungen, dieses Mal stand eine Gehirnmessung in der Strahlenröhre an. Am Nachmittag dann Besuch der Angehörigen, die Greisin bekam wie am Vortag viel Besuch und wurde von ihm wiederum liebevoll umsorgt. Eine der Frauen besorgte sogar ein frisches Laken, weil das alte einige Blutflecke abbekommen hatte.

Ich ging mit Bernhardt und meinem Sohn, der sich an diesem Tag frei genommen hatte, hinunter in das ungemütliche Bistro. Wir tranken Kaffee, aßen Bernhardts mitgebrachten Biskuit und ich lauschte mit halbem Ohr ihrem Gespräch, das sich wieder einmal um das Segelschiff unseres Sohnes und um seinen nächsten Törn handelte.

In Gedanken aber war ich bei der Greisin und ihrer Geschichte. Würde sie heute Abend wieder von ihrer Kindheit erzählen? Ich hoffte es.

Als die Angehörigen gegangen waren, wir zu Abend gegessen und danach das morgige Menü ausgewählt hatten, vegetarisch oder nicht, die Schwester Fieber- und Blutdruck gemessen und die Tabletten ausgegeben hatte, ging ich ins Bad und legte mich danach mit meinem Buch ins Bett, hoffend, ich würde es nicht gebrauchen. Ich beobachtete aus den Augenwinkeln, dass die Greisin, nachdem sie von Bad zurückkam, zu keinem der Magazine griff, welche ihre Familie für sie dagelassen hatten, und kein Radio und keinen Fernseher bemühte, die die Ruhe hätten stören können. Auch ich ließ mein Buch unaufgeschlagen auf meiner Bettdecke liegen und wartete erst einmal auf das, was hoffentlich kommen würde. Endlich hörte ich sie sagen:

„Wenn Sie mich fragen, was heute war, ob ein Arzt da war oder eine Krankenschwester, ob ich meine Pillen schon geschluckt habe oder nicht, ich kann es Ihnen nicht sagen. Ich habe es vergessen. Zuhause sorgt eine Polin für mich, sie ist Tag und Nacht bei mir, außer am Wochenende, da hat sie frei. Zuerst wollte ich keine fremde Person um mich haben, aber in meiner Familie sind alle beschäftigt. Sie würden es tun, das weiß ich, aber ich möchte es nicht."

„Das verstehe ich", meinte ich und versuchte sie behutsam auf ihre Geschichte zu bringen. „Vor allem, wenn man ein Leben lang selbstständig gewesen ist, muss das schwer fallen. Sie sind in Rumänien aufgewachsen, Frau Haberle, nicht wahr?"

Sie schaute sinnend vor sich hin und fing dann tatsächlich wieder zu erzählen an:

„Wir sind deutschstämmige Rumänen", meinte sie mit ihrer altersschwachen Stimme, „dass ließ mich vor allem Großmutter Margot spüren. Wenn Cora, die Frau meines Vaters, zuhause war, war alles gut, sie war sehr lieb und freundlich. Oder wenn Vater in der Nähe war, dann hielt sie sich zurück. Aber wenn beiden nicht da waren, was oft der Fall war, dann bekam ich ihren Hass voll zu spüren. Dann stach sie mich im Vorbeigehen mit ihrem Gehstock unverhofft und hinterhältig in die Rippen oder gab mir einen kräftigen Schlag in die Kniekehlen, so dass ich stolperte und auf die Nase fiel. Anfangs wusste ich nicht recht, wie damit umgehen, später aber versuchte ich ihr so gut es ging aus dem Weg zu gehen. Über ihre Attacken und Gehässigkeiten erzählte ich niemand etwas, um sie nicht womöglich noch mehr gegen mich aufzubringen. Nicht einmal meinem Bruder, den sie seltsamerweise weitgehend in Ruhe ließ und ignorierte.

Wenn ich mich in der Küche wusch und Vater zugegen war, dann schüttelte er den Kopf und meinte: „Lena, wie siehst du wieder aus, überall blaue Flecke und Schrammen. Von welchem Felsen bist du heute wieder gefallen? Du darfst nicht ganz so toll herumtoben."

Großmutter Margot war sehr gottesfürchtig, sie ging jeden Sonntag in die Kirche und zur Heiligen Kommunion. Wann immer es ihre Arbeit im Haus zuließ, ließ sie vor sich hin murmelnd und die Holzperlen und das Kreuz ihres Rosenkranzes durch ihre gichtigen Finger gleiten. In Wirklichkeit aber war sie eine bösartige, hinterhältige Hexe, vor der ich mich sehr fürchtete. Ich ging ihr so gut ich konnte aus dem Weg, aber ihren Hieben und Stichen und gehässigen Worten war ich dennoch wehrlos ausgeliefert.

Mein Bruder und ich gingen mit Ulf und Arnd, mit denen wir uns recht gut vertrugen, in die Dorfschule. Sie befand sich im Obergeschoss des Gasthofes „Zum Höllengrund". Wir waren zehn oder zwölf Kinder unterschiedlichen Alters und Geschlechts, die von einem jungen, sehr engagierten Lehrer unterrichtet wurden, er hieß Edward. Sein Unterricht fand oft draußen, in der Natur statt. Die Ausflüge mit ihm in die nahe Umgebung waren für uns Kinder immer ein lehrreiches Abenteuer.

Die Bäume färbten sich bereits herbstlich bunt, als er eines Tages mit uns auf einem schmalen, dick mit Wurzelwerk versehenen Pfad einen steilen Hang hinan stieg, zu einer Burg, die vom Dorf aus wegen des hohen, dichten Waldes nicht zu sehen war.

Die Burg war auf Felsen erbaut, sie wirkte geheimnisvoll düster, fast drohend. Hinter einer mit Efeu und Moos bewachsenen Mauer ragten runde, wuchtige Türme und steile Dächer mit Giebeln, Gaubenfenster und Kaminen auf. Ein breiter Weg führte durch eine große, grasbewachsene Lichtung, auf der einige Pferde, Rinder und Schafe friedlich grasten, zu einem eisenbeschlagenen, massiven Tor.

„Sie wurde im Mittelalter von den Grafen Draculea erbaut", erklärte uns Lehrer Edward, „einem uralten transsilvanischen Adelsgeschlecht. Die Grafen waren tapfere Krieger und haben das Land stets gegen die Osmanen verteidigt, aber sie waren auch wegen ihrer großen Grausamkeit bekannt und gefürchtet. Beispielsweise sollen sie ihre Gefangenen mit Vorliebe gepfählt haben, was aber nicht schriftlich belegt ist. Nun, die Draculeas sind, soweit noch vorhanden, nach England ausgewandert, nur der letzte Nachkomme, Graf Vladimir, lebt noch hier. Er lebt sehr zurückgezogen und gestattet kaum einem Dorfbewohner Zugang zur Burg, was auch akzeptiert wird. Eure Mutter ist wohl die Ausnahme, nicht wahr, Ulf und Arnd Nawosky? Sie bringt mit eurem Stiefvater regelmäßig Lebensmittel und Medikamente herauf.

„Das stimmt", bestätigte es Ulf sichtlich stolz. „Aber den Grafen selbst bekommen sie dabei auch nicht zu Gesicht. Die Lebensmittel und Medikamente, sagt Mutter, nehmen grundsätzlich der alte Hausdiener oder eine Hausdame entgegen." Arnd fügte noch hinzu: „Manchmal aber kommt die Mamsell mit einem Wolfshund in das Dorf und kauft im Dorfladen ein, Waschpulver, Seife, Rattengift und sowas. Sie redet kaum etwas, nur das Nötigste, über den Grafen sowieso nicht, über ihn verliert sie kein Wort. Die Leute im Dorf sind immer froh und erleichtert, wenn sie mit ihrem unheimlichen Hund wieder den Hang zur Burg hinaufsteigt."

„Nun", stellte Lehrer Edward fest, „es ist kein Geheimnis, der Graf ist nicht bei bester Gesundheit. Er entspringt einem alten Adelsgeschlecht, da kommen schwächliche Kinder oder Bluter immer mal vor. Anscheinend hat unser junger Graf das Pech, einer zu sein."

Dann lenkte Lehrer Edward die Aufmerksamkeit seiner Schüler wieder auf die geschichtlichen Begebenheiten. „Eines wissen wir", meinte er, „die Grafen Draculea kämpften seit jeher tapfer gegen die Türken. Sie waren dabei, als diese 1683 in Wien vernichtend besiegt und zurückgetrieben wurden und auch, als sie bei Mohatsch offiziell ihre Niederlage eingestehen und die Friedensverträge akzeptieren und unterschreiben mussten. Die Grafen Draculea waren zu allen Zeiten tapfere Freiheitskämpfer, was sonst über sie erzählt wird, ist Spekulation oder Halbwahrheiten, aus denen in langen Winterabenden alles Mögliche zusammengereimt wird. Die Winterabende sind schließlich sehr lang bei uns, nicht wahr? Wahr ist auch", fuhr Lehrer Edward fort, „dass die Grafen zu allen Zeiten umsichtige Lehnsherren waren. Heutzutage kann zum Beispiel jeder im Dorf zu einem fairen Preis ein Stück Land oder ein Stück Wald pachten und es verantwortungsvoll bewirtschaften oder bejagen, darauf wird streng geachtet. Der Graf bekommt vom Erwirtschafteten, den Ernten, dem geschlagenen Holz und dem erlegten

Wild ein Zehntel. Sein Oberförster, Jakob Blickhahn, rechnet jeden Monat mit den Pächtern ab. Damit können Pächter und Lehnsherr sehr gut leben."

All das beeindruckte mich ungemein und beschäftigte nachhaltig meine Neugier und Fantasie. Ich stieg mit Vorliebe mit Wolfgang den Hang hinauf, um von Ferne die Burg zu betrachten, vielleicht auch um einmal den Grafen zu sehen. Immer öfter wagten wir uns auf die Wiese, zu den Pferden und Schafen, sie ließen uns allmählich immer näher herankommen und sich sogar streicheln. Wenn der Hausdiener auftauchte und uns mit seinem Stock drohte, dann nahmen wir unsere Beine in die Hände und türmten. Anderntags allerdings waren wir gewöhnlich wieder da.

Einmal besuchten wir sogar den Friedhof hinter der Burg, es war ein etwas unheimlicher Ort. Ungefähr ein Dutzend stark verwitterter Grabsteine stand ungeordnet und meist schief eingesunken in einer wuchernden Unkrautwiese.

Vater und seine Frau Cora fuhren jeden Donnerstag mit Lebensmitteln, die sie vorher von den Dorfbewohnern eingesammelt hatten, meist auch mit Medikamenten hinauf zur Burg. Sie lehnten es rundweg ab, uns Kinder mitzunehmen, wenigstens einen von uns. Sie meinten, das sei nicht gewünscht beim Burgherrn.

Wolfgang und der Burgherr.

Umso mehr wunderte es mich, dass Wolfgang eines Tages mitfahren durfte, er soll beim Abladen der Kisten mit den Lebensmitteln helfen, hieß es. Aber warum er und nicht Ulf oder Arnd, die mindestens so stark waren wie er.

Es wunderte mich auch, dass sie wenn Wolfgang mitfuhr verhältnismäßig lang oben blieben. Das war nicht gut für mich, denn dann war ich mit Großmutter Margot allein. Ulf und Arnd glänzten meist durch Abwesenheit, sie trieben sich mit Vorliebe mit anderen Jungs in der Gegend herum. Wenn ich mitkommen wollte, wimmelten sie mich ab oder verschwanden klammheimlich. Mädchen waren in ihrer Clique eben nicht willkommen.

Großmutter Margot ließ dann keine Gelegenheit aus, mich zu beschimpfen. „Nazibrut", betitelte sie mich dann, oder „verdammter Bolschewisten-Abkömmling" oder „Partisanen-Balg" oder ähnliches. Ich wusste nicht, was das bedeutete, aber es musste etwas absolut Verachtenswertes sein. Ihren

Stichen und Schlägen konnte ich längst nicht immer entgehen.

Während der dunklen Wintermonate kam Lehrer Edward mit uns Schülern nur selten aus dem Schulzimmer heraus. Ab und zu durften wir den Zugang zum „Zum Höllengrund" vom Schnee frei räumen und danach eine übermütige Schneeballschlacht veranstalten. Einige Male gingen wir mit ihm auch zu einem baumlosen Hang, auf dem es sich herrlich rodeln ließ. Dabei mussten wir über den zugefrorenen Bach, wobei wir den Holzsteg darüber ignorierten und lieber auf dem Eis herum schlitterten. Nicht alle Kinder besaßen einen Schlitten, aber zum Rutschen eigneten sich genauso Waschzuber oder Bretter und dergleichen, man nahm alles mit, worauf man sich setzen konnte und es sich gut schlittern und rutschen ließ. Wolfgang und die Stiefbrüder hatten einen Zweisitzer-Schlitten, einer von ihnen musste also stehend rutschen, was sie abwechselnd taten. Ulf erwies sich dabei am geschicktesten, wofür er von den Mitschülern ordentlich bewundert wurde. Ich durfte meist auf irgendeiner Rutschunterlage Platz nehmen, denn mit den Dorfkindern vertrug ich mich gut. Wolfgang und ich waren inzwischen gut im Dorf und in der Klasse integriert.

Vater und Mama Cora, wir nannten sie mittlerweile so, denn sie war lieb wie eine gute Mutter, fuhren auch bei Schnee und Eis mit dem Schlitten hinauf zur Burg, um dort Lebensmittel und die notwenigen Medikamente abzuliefern. Den Weg hinauf bestreuten wir Kinder tüchtig mit Asche, das war unsere Aufgabe. Wenn Wolfgang sie begleiten durfte, und das war meistens der Fall, dann dauerte es gewöhnlich länger, bis sie mit einer Fuhre Holz wieder zurück waren.

Wolfgang erzählte nie etwas über seinen Aufenthalt auf der Burg, mit wem er sich dort traf oder was er mit Vater und Mama Cora so lange da oben machte. Als ich ihn wieder einmal fragte, warum ausgerechnet er mitfahren darf und nicht auch einmal ein anderer, da meinte er ausweichend: „Och, nichts Besonderes, Lina. Der junge Graf unterhält sich ein wenig mit mir, er ist sehr freundlich. Es interessiert ihn, wer wir sind, woher wir kommen und was sonst im Dorf los ist. Wenn er am Sonntag die Kirchenglocken hört, dann weiß er, dass die Leute in die Kirche gehen, den Gottesdienst feiern und beten. Er selbst, meint er, sei dort unerwünscht, denn seine Familie wurde schon vor langer Zeit exkommuniziert. Weißt du, Lena, ich glaube, der Graf liebt die Einsamkeit und die Natur. Er reitet oft stundenlang durch die Wälder, wobei ihn stets sein Oberförster und sein Hund begleiten. Ich glaube, der Förster ist sein besonderer Vertrauter. Aber manchmal scheint er sich auch nach ein wenig mehr Gesellschaft und Ansprache zu sehnen. Stell dir vor, Lena, er hat mir sogar das Schachspielen beigebracht. Wenn du willst, kann ich es dir gern zeigen."

„Fürchtest du dich nicht vor ihm, Wolfi?", wollte ich wissen, obwohl ich den jungen Grafen gern auch einmal gesehen hätte, schrecklich gern sogar. „Man sagt doch, der Graf soll ein wenig seltsam sein. Und grausam dazu, denk nur an seine Vorfahren, die ihre Feinde gepfählt haben."

„Gepfählt haben sollen", wandte Wolfgang ein.

„Arnd erzählte mir unlängst", fuhr ich geheimnisvoll flüsternd fort, „dass die alte Berta vom Gruberhof ihn des Nachts durchs Dorf hatte wandern sehen, sie kann nicht besonders gut schlafen, weißt du. Er sagte, sie hätte gesehen, wie er in die Fenster der Häuser geschaut hat."

„Die alte Berta ist fast blind, wer weiß, was sie im Finstern gesehen hat", meinte Wolfgang unbeeindruckt. „Natürlich war es mir anfangs ein wenig bang zumute in seiner Gegenwart, aber inzwischen weiß ich, der Graf ist ein sehr feiner, gebildeter Mensch, er hat eine große Bibliothek mit tollen Büchern. Er ist immer freundlich, wenn auch ein wenig blass und dünn. Er ist ja nicht sehr gesund, wie man weiß, deshalb muss ihm Mama Cora ja auch regelmäßig Medikamente hinaufbringen. Schon möglich, dass er nicht viele Menschen um sich ertragen kann.“

„Aber warum du, Wolfi, und nicht auch Ulf oder Arnd oder auch ich?“, wollte ich wissen. „Weißt du“, beschwerte ich mich, „wenn du nicht da bist, bin ich mit der Großmutter allein. Sie ist böse, weißt du. Außerdem machen wir beide überhaupt nichts mehr zusammen und steigen auch nicht mehr hinauf zur Burg, zu den Pferden und Schafen.“

Wolfgang grinste mich verlegen an. „Ich weiß, Lena“, meinte er, „das tut mir auch leid, aber der Graf braucht mich, warum, das kann ich dir nicht sagen. Er sagt, er hätte uns gesehen, als wir oben auf der Wiese bei seinen Pferden und Schafen waren. Nun, ich muss ihm wohl gefallen haben, denn er bat Vater, mich doch einmal mitzubringen, seitdem fahre ich jede Woche mit hinauf. Aber bitte, Lina, das muss unter uns bleiben, ich glaube nicht, dass es dem Grafen gefällt, wenn man über ihn redet."

Ich muss gestehen, ich war neidisch auf meinen Bruder und auch ein wenig eifersüchtig, denn er verbrachte meiner Meinung nach viel zu viel Zeit mit dem jungen Grafen, eine Zeit, die er hätte besser mit mir verbringen sollen. Wolfgang schien mir seltsam vernarrt in den Grafen zu sein, wenn man das von einem dreizehnjährigen Jungen überhaupt sagen kann.

Mein Handy surrte dummerweise, die Greisin schaute mich irritiert an, so als wurde ihr plötzlich bewusst, wo sie war und mit wem sie sprach. Ich entschuldigte mich bei ihr und nahm das Handy vom Nachttisch.

Bernhardt meldete sich. „Weißt du, wie spät es ist, Charlotte?", seine Stimme hörte sich etwas verärgert an, Geduld ist nun mal nicht seine Stärke. „Was treibst du denn die halbe Nacht, wenn anständige Leute längst schlafen?"

„Hallo, Bernhardt. Gerade wollte ich dich anrufen. Nun, was mache ich? Ich höre zu und mache Notizen, von dem, was meine Bettnachbarin erzählt. Weißt du, sie erzählt so lebendig von ihrer Kindheit, als wäre sie erst gestern gewesen. Es ist wirklich faszinierend. Sei so lieb und bring mir morgen einen Radiergummi mit, manchmal kann ich mein eigenes Gekrakel nicht lesen."

„Du machst mir Laune, Charlotte, aber gut, du sollst einen haben, ich bring' dir morgen einen mit. Aber nun schlaf recht schön, mein unverbesserlicher Schreiberling. Ich jedenfalls gehe jetzt in meine Koje. Gute Nacht, bis morgen."

„Gute Nacht, Berni. Bis morgen."

Die alte Dame im Nachbarbett war eingeschlafen, ich aber dachte noch lange über ihre Geschichte nach und hoffte, dass sie morgen weitererzählen würde.

Auch der dritte Tag verlief nach dem gewohnten Schema, am Vormittag die Untersuchungen und am Nachmittag lieben Besuch von Verwandten. Ich verdrückte mich mit Bernhardt wieder hinunter in das Bistro, wo wir ungestört plaudern hätte konnten. Immer wieder kam ich auf die Geschichte der alten

Dame zurück, die mich einfach nicht loslassen wollte.

Als am Abend Fieber und Blutdruck gemessen waren, ich im Bad war und die alte Dame ihre Medikamente eingenommen hatte, nahm ich nicht wie üblich mein Buch zur Hand, sondern kam stattdessen gleich zur Sache.

„Liebe Annalena", wandte ich mich an die Greisin. „Ich darf Sie doch so nennen?"

Sie schaute mich still an und nickte. „Natürlich", murmelte sie.

„Wissen Sie, Annalena, Sie haben mir schon so viel von ihrer Kindheit erzählt, dass ich glaube, sie schon seit Langem zu kennen. Werden Sie mir noch mehr davon erzählen? Es würde mich sehr freuen."

„Es tut mir leid", meinte sie verlegen, „ich weiß nicht mehr, was ich erzählt habe. Von meiner Kindheit, sagen Sie?"

„Ja, Annalena, vom Dorf in den Bergen, von Ihrem Bruder, der sich mit dem jungen, geheimnisvollen Grafen angefreundet hatte. Es hat Ihnen gar nicht gefallen, wissen Sie noch? Und sie haben von der bösen Großmutter Margot erzählt."

„Oh, ja, sie war sehr böse", nahm sie zum Glück den Faden wieder auf, „vor allem, wenn niemand da war. Vater war tagsüber viel in der Umgebung unterwegs, er reparierte elektrische oder mechanische Maschinen, und Mama Cora besuchte mit ihrem Motorrad, welches ihr Vater hergerichtet hatte, die oft weit entfernt wohnenden Wöchnerinnen und Gebärenden, um ihnen beizustehen.

Meine Güte, was waren die Dorfbewohner anfangs empört gewesen, was schimpften sie so über diese feuerrote Teufels-Maschine, die, von explosionsartigen Fehlzündungen begleitet, mit einer affenartiger Geschwindigkeit durch das Dorf ratterte, aber Mama Cora schien das wenig zu kümmern. Sie war froh, dass Vater das verrostete Ding, das irgendein Soldat nach dem Krieg zurückgelassen hat, wieder mühsam instand gesetzt und rot lackiert hatte, möglicherweise hatte er nur diese Farbe bekommen. „Die Maschine", erklärte er bei der ersten Probefahrt, wobei seine Freude über das Vehikel nicht zu übersehen war, „hat einen Motor mit einem Hubraum von 50 cm e'. Eine gute Maschine, ich selbst hab' im Krieg eine gefahren."

Die Maschine war lange Zeit aufregender Mittelpunkt im Dorf, die Dorfbewohner schimpften darüber wie die Rohrspatzen, aber allmählich beruhigten sie sich und gewöhnten sich ein wenig daran. Schließlich wurde, wenn Mama Cora mit der ratternden Teufels-Maschine unterwegs war, irgendwo ein Kindchen geboren.

Fast ein Jahr verging, als es nach einem langen, schneereichen Winter endlich wieder Frühling im Tal wurde. Der Bach, vom Eis befreit, plätscherte klar und munter durchs Dorf, an seinen Ufern machten sich im frischem Grün blaue Krokusse und die weißen, feinen Blüten des „Fleißigen Lieschens" breit.

Am Ostersonntag wurden von den Dorfbewohnern gebackene Osterlämmer und bunte Eierkränze hinter dem Pfarrer, der die Hostie in der reich verzierten Monstranz vorantrug, und den Ministranten durch das Dorf zur Kirche getragen. Es war sehr feierlich und schön. Vorher hatte ich Mama Cora geholfen, das Haus von oben bis unten zu putzten und zu scheuern, die Haustür mit Haselnuss- und Birkenzweigen zu schmücken und die Wannen vor den Fenstern mit Veilchen zu bepflanzen.

Wenn Großmutter Margot mit ihren bösen Blicken und unerwarteten Stichen und Hieben nicht gewesen wäre und Wolfgang nicht jeden Donnerstag mit Vater und Mama Cora hinauf zur Burg gefahren wäre, dann wäre es die glücklichste Zeit meines bisherigen Lebens gewesen.

Der Tag der Arbeit kam und ging vorbei und der Tag der Monarchie, danach passierte das, was im Nachhinein gesehen einmal kommen musste.

Urnendeckel

Ich habe sie umgebracht.

Wieder wurde an einem Donnerstag nach der Schule der Anhänger des Fuhrwerks mit Holzkisten beladen. Es befand sich das Übliche darin, ein von Großmutter gebackenes Roggenbrot und ein Rosinennapfkuchen aus feinem Mehl, einige Gläser Apfel- und Pflaumenmus, welches der Graf, wie Wolfgang erwähnte, besonders gern zu Eierpfannkuchen aß, der Graf war also ein Feinschmecker. Wolfgang und ich halfen mit, ich in der Hoffnung, dieses Mal mitfahren zu dürfen. Mama Cora erwähnte, dass sie noch bei einigen Bauern vorbeifahren müssen, damit diese ihren Obolus an den Grafen, Obst und Gemüse, dazu laden konnten, dann fuhren sie weg. Ohne mich, wie immer.

Ulf und Arnd hatten sich längst zu ihrer Clique verdrückt, bei der Mädchen unerwünscht waren, was ich ausgesprochen blöd fand. Aus gutem Grund hatte ich keine Lust ins Haus zu gehen, wo ich die Großmutter wusste, also ging ich erst einmal auf Entdeckungsreise. Zuerst in den Stall, der zugleich Vaters Werkstatt war. Die Pferdeboxen waren verwaist, klar, unser einziges Pferd war ja gerade unterwegs. Ansonsten hatten wir keine Tiere, außer den vielen Mäusen und Ratten, hinter denen die halbwilden Katzen, die überall herumstreunten, her waren. Bisher war es mir nicht gelungen, mich mit einer von ihnen anzufreunden. Der Lastenschlitten und der Zweisitzschlitten von Ulf und Arnd standen an der Wand, einige Schneeschuhe hingen daran, an der gegenüberliegenden Wand waren bis zur Decke Holzscheite aufgeschichtet. Unter dem kleinen, verstaubten Fenster befand sich Vaters Werktisch, eine Menge Werkzeug lag darauf, mit denen er alles reparierte, was im Haus und Hof und anderswo so kaputtging, auch der rote Farbtopf mit der Restfarbe, mit der er Mama Coras Motorrad gestrichen hatte, es stand neben dem Werktisch. Wer weiß, wo Vater die Farbe aufgetrieben hat, denn Farben waren nur schwer zu bekommen und für normale Leute wie uns kaum erschwinglich.

Ich kletterte auf den Lastenschlitten, es war mein Lieblingsplatz, denn von dort aus hatte man einen guten Überblick über den Schuppen und war, wenn man sich still verhielt, für jeden, der in den Schuppen kam unsichtbar. Ich legte mich auf den Rücksitz und träumte vor mich hin. „Ich sollte wirklich einmal zur

Burg hinauf wandern", überlegte ich, „wenn es sein muss auch allein. Wolfgang sagte doch, der Graf reitet fast jeden Nachmittag aus? Ja, nächsten Montagnachmittag werde ich es nach der Schule ganz gewiss tun. Ich werde allein hinaufsteigen und sehen, was passiert. Vielleicht werde ich dann endlich den jungen Grafen sehen."

Der junge Graf. Er hatte inzwischen so etwas wie einen Glorienschein für mich bekommen. Er war der Prinz meiner Träume, wunderschön, geheimnisvoll und unerreichbar.

Ein Geräusch ließ mich aufblicken, ich sah für Sekunden die dunkle, große Gestalt der Großmutter über mir, drohend aufgerichtet mit hassverzerrtem Gesicht, den Arm zum Schlag erhoben und in der Faust den gefürchteten Stock. Impulsiv fuhr ich hoch und gab ihr dabei einen Stoß. Sie fiel Rücklinks vom Schlitten und blieb auf dem Boden liegen, unbeweglich, ohne einen Ton von sich zu geben, ihre Augen waren wie erschrocken oder erstaunt aufgerissen. Ich kletterte verstört vom Schlitten und sah entsetzt, dass sie in die Gabeln eines Rechens gestürzt war. „Ich habe die Großmutter umgebracht", durchfuhr es mich mit eisigem Schrecken, der mich ganz starr werden ließ.

Dann besann ich mich und flüchtete aus dem Stall und aus dem Hof, nur weg, nur weit, weit weg von hier. Ich rannte und rannte aus dem Dorf bis hin zur kleinen Holzbrücke. Dort musste ich mich erst einmal verschnaufen. Ich musste zur Besinnung kommen, was sollte ich tun, wohin sollte ich gehen. Sollte ich es dem Vater gestehen, alles, auch das sie mich gehasst, beschimpft und geschlagen hat? Ich fing laut und verzweifelt zu schluchzen an. So oder so, Flucht oder Hierbleiben, ich war verloren. Sollten sie mich doch einsperren oder sonst wie bestrafen, was spielte das jetzt noch für eine Rolle.

Ich beschloss auf Vater zu warten, er musste mit Mama Cora und Wolfgang auf dem Weg ins Dorf mit dem Fuhrwerk über die Brücke kommen. Ich setzte mich auf die Holzplanken, schob meine Beine durch das grobe Holzgeländer und ließ sie hinab baumeln, so dass meine bloßen Füße das kühle, lebhaft glucksende Bachwasser fast berührten.

Als ich das Fuhrwerk kommen hörte und den Vater mit Mama Cora und Wolfgang darauf sitzen sah, da brach das ganze Unglück wieder über mich herein. Ich rappelte mich hoch und heulte wie ein gequälter Hund, laut und hoffnungslos.

Vor der Brücke zügelte Vater das Pferd, er sprang vom Bock und kam auf mich zugelaufen. Er nahm mich in die Arme, was er schon lange nicht mehr getan hatte, und meinte: „Alles ist gut, mein Mädel. Was auch passiert ist, alles ist gut."

Ich beruhigte mich etwas in seinen Armen, war aber außerstande, etwas zu sagen. Auch Mama Cora kam und Wolfgang, sie machten ziemlich ratlose Gesichter. Sie ahnten, dass etwas Schreckliches passiert sein musste.

„Ich habe die Großmutter umgebracht", würgte ich schließlich hervor, um gleich wieder in ein hemmungsloses Schluchzen auszubrechen.

Zuhause ersparte man mir den Anblick der toten Großmutter und brachte mich in die Küche. Vater bettete mich auf das Ottomane, dann ging er hinaus, Mama Cora und Wolfgang blieben bei mir. Mama Cora kochte Kamillentee, den ich trinken musste. Sie sagte nichts und fragte nicht, was passiert sei und wie. Später kamen Ulf und Arnd. Auch sie machten betretene Gesichter und streiften mich mit schüchternen Blicken, so als wäre ich ein außerirdisches Wesen. Kaum ein Wort fiel und dafür war ich dankbar.

Dann allerdings wollten die zwei Polizisten, die nach einer Weile mit Vater hereinkamen, wissen, ob ich es gesehen hätte, wie die Großmutter so unglücklich gestürzt ist, dabei schauten sie mich voller Mitleid an. „Aber", meinte einer von ihnen, „das kannst du uns auch später erzählen, wenn es dir etwas besser geht."

Sie tranken von Mama Coras Wodka und gingen. Vater setzte sich zu mir auf das Ottomane und schaute mich mitleidig an. „Es war ein Unfall, Lena", meinte er, „Du hast mit ansehen müssen, wie die Großmutter stürzte und zu Tode kam, das war ein furchtbarer Schock für dich. Aber du hast keine Schuld daran, Lena. Es war ein Unglück. Sowas passiert, ohne dass man es verhindern kann. Großmutters Zeit war abgelaufen, es war Gottes Wille."

„Du verstehst mich nicht, Vater, ich habe sie geschuppst", meinte ich zornig, weil er nicht begreifen wollte. „Ich habe die Großmutter geschubst, deshalb ist sie gestürzt!"

„Ach, Lena", meinte Vater besänftigend. „Selbst wenn es so gewesen wäre, so wäre es doch Gottes Wille gewesen. Er hat es so gewollt und bestimmt, das kannst du ruhig glauben."

Gottes Wille. Aber warum musste Großmutter so sterben, durch meine Hand? Hätte sie nicht einfach im Bett sterben können, so wie andere alte Leute auch? Umgeben von ihrer Familie und vom Pfarrer? Na klar, sie wollte mir eins auswischen, wollte mich erschrecken, so wie sie es immer getan hat. Großmutter war eine bösartige Hexe, sogar noch im Tod.

Die Greisin im Nachbarbett stockte mit ihrer Erzählung und schaute zu mir herüber. „Ich bin müde", meinte sie, „aber bevor ich schlafe, muss ich noch einmal auf die Toilette." Sie quälte sich stöhnend aus dem Bett und schlürfte langsam zur Toilette.

Ob Bernhard noch wach ist? Ich legte Schreibblock und Stift beiseite und nahm mein Handy zur Hand. Nach dreimaligem, anhaltendem Surren meldete er sich endlich.

„Hallo", hörte ich seine schlaftrunkene Stimme. „Gut, dass du mich weckst. Ich bin tatsächlich vor dem Fernseher eingeschlafen. Hattest du heute Abend wieder eine Geschichtsstunde?"

„Oh, ja, Bernhard, eine sehr spannende Geschichtsstunde. Ich hoffe nur, ich habe Gelegenheit, ihre Geschichte bis ans Ende zu hören."

„Dann hast du also keine Eile, heimzukommen?"

„Doch, doch, aber andererseits. Weißt du, wenn mir Frau Haberle noch mehr von ihrer Geschichte erzählen würde, dann könnte ich fast einen Roman darüber schreiben."

„Na, wunderbar, fast möchte man es glauben. Ich traue es dir zu."

„Danke, Berni, ich sehe es als Kompliment. Nun geh' ins Bett und schlaf recht schön. Frau Haberle kommt eben zurück, wir werden wohl jetzt auch schlafen. Gute Nacht, Berni."

„Gute Nacht, Charlotte. Bis Morgen."

Gewöhnlich bekomme ich nach drei Tagen Krankenhausaufenthalt einen Krankenhaus-Kollaps, zumindest eine Krankenhaus-Depression, davor hätten mich auch Bernhardts Besuche und seine Handy-Anrufe nicht retten können. Aber nun ertrug ich alles, die lästigen Untersuchungen, bei denen nichts herauskam, die Abhängigkeit, die einem zum unmündigen Kind machte. Ich ertrug klaglos die Arroganz mancher Ärzte und der Schwestern und auch die nicht immer appetitliche Krankenhauskost. Dies vollbrachte allein meine greise Bettnachbarin, Frau Haberle, die mir jeden Abend bis weit in die Nacht hinein von ihrer Jugend in Rumänien erzählte. Ich hoffte nur, dass sie weitererzählen würde, abends, wenn es still geworden ist im halbdunklen Krankenzimmer.

Und als es soweit war, war es nicht schwer, sie wieder auf ihre Geschichte zu bringen.

Kupferplatte mit dem Wappen von Hermannstadt

Die Begegnung mit dem jungen Grafen.

„Liebe Annalena“, begann ich, ehe sie die Zeitschriften über Biogärten und Pflanzenpflege, die ihre Familie für sie dagelassen hatte, aufschlagen konnte. „Was passierte, nachdem ihre Großmutter tot war? Wurde es dann besser für Sie?“

Frau Haberle fuhr sich mit ihrer welken Hand über die Stirn, wie um sich zu besinnen, dann schaute sie nachdenklich zu mir herüber.

„Ach, ja, die Großmutter“, meinte sie. „sie war eine böse Hexe. Erst recht nach ihrem Tod.“

Ich nahm möglichst unauffällig meinen Schreibblock und meinen Stift zur Hand und wartete. Ich war mir ziemlich sicher, jetzt würde sie weitererzählen. „Sie sagen, selbst noch nach ihrem Tod, Frau Haberle?“, fragte ich sicherheitshalber, denn sie lag mit geschlossenen Augen da, so als würde sie gleich einschlafen oder sich nachdenken. „Wie darf ich das verstehen?“

„Nun, sie wurde begraben, es war ein sehr großes, schönes Begräbnis", murmelte sie endlich, „das ganze Dorf nahm Anteil daran. Die Glocken läuteten, alle Leute waren dunkel gekleidet und trauerten um die gute Christin Margot Nawosky, auch Vater, Mama Cora, sogar die Jungs. Alle schienen zu trauern, nur ich grollte ihr, weil sie mich selbst noch mit ihrem Tod quälte. Aus Rücksicht auf meinen verwirrten Zustand brauchte ich nicht zur Beerdigung mitkommen, auch danach der Leichenschmaus im Pfarrhaus wurde mir erspart.

Aber die Großmutter war nicht wirklich tot, sie lauerte überall im Haus, in allen Ecken auf mich und verfolgte mich mit ihren boshaften Blicken. Nachts hörte ich sie mit ihren Gehstock durch das Haus gehen, klopf, klopf, klopf, über Treppen und Flure. Sie ließ mir keine Ruhe, es war schlimmer noch wie zu ihrer Lebzeit. Da konnte ich ihr wenigstens ausweichen oder mich vor ihr verstecken.

Ich hatte keinen Appetit mehr, wurde fahrig und nervös, jeden Tag zerdepperte ich von Mama Coras schönem Tongeschirr. In der Schule war ich zerstreut und konnte dem Unterricht nicht folgen, denn jede Nacht verfolgte mich die Großmutter. Sie war nicht wirklich tot, sie war eine Wiederkehrerin. Sowas gibt es, davon hatte ich schon gehört. Großmutter wollte sich an mir rächen. Ich wünschte mir so sehr, dass sie wirklich tot wäre und mich in Ruhe ließe.

Schließlich sah sich Lehrer Edward gezwungen, zu uns nach Hause zu kommen und mit Vater und Mama Cora zu reden. Sie redeten ziemlich lange miteinander.

Derweil saß ich mit Wolfgang in unserem Zimmer, er versuchte mir das Schachspielen beizubringen. Aber dann gab es schnell auf, mit mir war einfach nichts zu machen.

„Was ist nur los mit dir, Lena", fragte er leicht verärgert. „Bist du krank? Tut dir was weh? Warum sprichst du nicht darüber? Wenigstens mit mir."

„Glaubst du an Wiederkehrer, Wolfi?", fragte ich unvermittelt. „Ich meine Tote, die nachts aus ihren Gräbern kommen und ihr Unwesen treiben? Nun, Großmutter Margot ist so eine."

„Wieso glaubst du das?", Wolfgang schaute mich halb erstaunt, halb belustigt an.

„Nun, weil sie es tut. Hast du noch nie ihren Stecken gehört, wenn sie des Nachts durchs Haus wandert?

Sie kommt wegen mir, Wolfi, ich habe sie umgebracht."

Wolfgang wurde ernst, das Belustigt sein war ihm total vergangen. Er ging zum Fenster und betrachtete eingehend, wie es schien, die feuchte, bemooste Felswand dahinter. Dann wandte er sich zu mir um und meinte ohne jeden Spott: „Und was schlägst du vor, Lena? Sollen wir sie ausgraben und einen Pfahl in ihr Herz schlagen? Du hast sie nicht umgebracht, wann begreifst du das endlich, Lena. Die Großmutter ist unglücklich gestürzt. Und noch etwas, Lena, sie kann gar kein Wiedergänger sein, das ist ganz und gar ausgeschlossen. Denn als man sie in der Kirche aufgebahrt hatte, da habe ich gesehen, wie man ihr ihren Rosenkranz um die Hände gelegt hat, und zwar das Kreuz obenauf. Das war bestimmt beabsichtigt, um eine Wiederkehr zu verhindern."

Er beförderte unter seinem Hemd eine Kette mit einem Metallkreuz hervor. „Nimm sie, Lena. Wenn es dir besser geht, kannst du sie mir ja zurückgeben. Sie ist vom Grafen, er hat sie mir geschenkt. Er hat bestimmt nichts dagegen, wenn ich sie dir eine Weile ausborge."

Wolfgang legte mir die Kette um den Hals und lächelte mich aufmunternd an. „Nun kannst du ganz beruhigt sein, Lena, Großmutter wird dich nicht mehr belästigen. Soll sie sich doch mit mir anlegen, die alte Hexe. Soll ich dir was verraten, Lena? Ich mochte sie auch nicht."

Ich betastete das Kreuz und fühlte mich auf einmal geborgen und sicher. Als Vater mich rief, lief ich hinunter. Er, Mama Cora und Lehrer Edward brauchten sich nun keine Sorgen mehr um mich machen.

Sie erwarteten mich in der Küche, am Esstisch sitzend, und lächelten mir entgegen.

„Setz dich zu uns, Lena, wir haben dir einen Vorschlag zu machen", meinte Vater. Ich setzte mich zu ihnen und schaute sie misstrauisch an. Irgendwas hatten sie sich doch für mich ausgedacht.

„Was hältst du davon, Lena", rückte Vater auch gleich damit heraus, „wenn du, um etwas Abstand von den schlimmen Ereignissen zu bekommen, eine Weile von hier weggingst? Lehrer Edward kennt in der Nähe von Hermannstadt eine Klosterschule mit einem kleinen, dazugehörenden Krankenhaus. Dort könntest du die Schule besuchen und im Krankenhaus aushelfen. Vielleicht könntest du dort sogar den Schwesternberuf erlernen. Ein sehr ehrbarer Beruf, nicht wahr? Sie suchen dort immer Schwesternschüler."

Ich holte Luft, um zu sagen, dass dies nicht nötig sei, dass ich von Wolfgang eine Kette mit einem Kreuz bekommen habe und ich mich nun ganz sicher fühle, aber Lehrer Edward kam mir zuvor.

„Du wirst nun bald dreizehn Jahre alt sein, Annalena, es ist also auf jeden Fall an der Zeit, dass du einen Beruf ergreifst. Und der Beruf einer Krankenschwester ist, wie dein Vater schon sagte, ein sehr ehrbarer Beruf. Hermannstadt ist eine wunderschöne, deutschanmutende Stadt, sie ist nicht sehr weit von hier entfernt. Ich besuche gelegentlich einen ehemaligen Studienfreund dort. Aber es hat keine Eile, Annalena, am 21. Juni, dem Tag der Nationalflagge, fahre ich mit dem Zug wieder nach Hermannstadt, da könnte ich dich bis zum Kloster begleiten. Ich werde dich, sobald du damit einverstanden bist, dort anmelden."

Na toll, bei den Erwachsenen war es also schon beschlossene Sache, dass ich weg musste. Da war wohl nichts mehr zu machen.

Aber bis zum 21. Juni war ja noch ein wenig Zeit, vielleicht konnte ich bis dahin doch noch den jungen Grafen sehen, nur ein einziges Mal. Wenn Wolfgang mir nicht dabei helfen will, na, dann eben ohne ihn.

Wenn mich nachts die Großmutter besuchen und quälen wollte, nahm ich das Metallkreuz des jungen Grafen fest in die Hände und der Spuk war augenblicklich vorbei. Meine Lebensfreude und mein Appetit kamen zurück und meine Neugier, man könnte auch sagen, meine Sehnsucht, den jungen Grafen wenigstens einmal zu sehen. Ich kam zu dem Schluss, es zu versuchen, koste es was es wolle.

Von Wolfgang wusste ich, wann der Graf gewöhnlich ausritt. Er tat es, wenn das Wetter es zuließ, jeden Nachmittag um drei Uhr.

Acht Tage vor meiner voraussichtlichen Abreise wollte ich es endlich wagen. Ich nahm mir vor, hinter einem Baumstamm versteckt oder von einem Baum herab dem Grafen aufzulauern.

Im Dorf feierte man das orthodoxe Pfingstfest. So gut wie jeder Dorfbewohner nahm am feierlichen Gottesdienst teil. Danach wurden auf der großen Festwiese hinter der Kirche für die Jugend fröhliche

Wettkämpfe veranstaltet. Ihre Eltern und Großeltern, die ihnen auf Bänken sitzend zuschauten, wurden, während sie sich unterhielten, mit Mohn- und Butter-Zuckerkuchen, von den Bauersfrauen gebacken, verwöhnt, gewöhnlich gab es herzhafte Speckwaffeln, Wein und Obstsäften dazu. Die Jungs erzählten hinterher, dass Arnd beim Sackhüpfen einen Gummitwist gewonnen hat, er zeigte ihn mir stolz. Sie bedauerten aufrichtig, dass ich nicht dabei sein konnte, ich hätte wirklich etwas verpasst.

Ich aber hatte nun einmal etwas Wichtigeres vor. Nachdem ich wehleidig behauptete, es wäre mir nicht gut und ich müsse leider zuhause bleiben, was ehrlich bedauert wurde, brühte mir Mama Cora einen Kamillentee auf und Vater versprach, wenn ich nicht doch noch nachkommen könnte, mir wenigstens ein schönes Stück Kuchen mitzubringen. Dann gingen sie, fein in ihren Sonntagskleidern, Mama Cora und Vater wegen ihrer Trauer in Schwarz, in erwartungsvoller Stimmung fort.

Als sie weg waren, zog auch ich mich sorgfältiger an als sonst, bürstete ausgiebig mein Haar und flocht es zu einem Zopf. Dann schlüpfe ich in meine guten Sonntagschuhe, so als wollte ich auch zum Festgottesdienst und danach auf die Festwiese gehen. Die

Kette mit dem Kreuz hing natürlich um meinen Hals, ich legte sie so gut wie nie ab.

Ich war in einer erwartungsvollen Stimmung, alles um mich her wirkte heiter, selbst der sonst finstere, wurzeldurchfurchte Schleichweg, den ich zügig hinan stieg, durch den Wald hinauf zur Burg.

Auch die Burg lag nicht gar so still und abweisend da, ihre Mauern und Türme leuchteten hell in der Mittagssonne. Auf der großen, grasbewachsenen Lichtung grasten wie gehabt friedlich die Pferde, Rinder und Schafe.

Wo könnte ich mich am besten positionieren, so dass ich ihn, er aber nicht mich sehen konnte? Er musste auf dem Weg, der in den Wald hineinführte kommen, da war ich mir sicher.

Ich entschied mich für eine Eiche direkt am Wegrand, sie hatte eine dichte, ausladende Krone, in der es sich gut verstecken ließ.

Gesagt, getan, mit einiger Mühe schaffte ich es, hinaufzuklettern und mich in einer der unteren Astgabelungen einigermaßen bequem einzurichten. Wer weiß, wie lange es dauern würde, bis der Graf auftauchte. Im Dorf hörte ich die Kirchenglocken, die gewöhnlich das Hochamt einläuteten.

Die Zeit verging. Was, wenn der Graf heute gar nicht ausreiten wollte, wenn er krank war, er war ja nicht bei allerbester Gesundheit, wie man wusste. Oder wenn sein Pferd lahmte?

Zum x-ten Male dachte ich, noch ein wenig werde ich warten, als sich plötzlich das große Holztor in der Burgmauer öffnete und drei Reiter hintereinander herauskamen, ein großer Hund war bei ihnen. Einer von ihnen war älter, er musste mit seiner grünen Joppe und dem Jägerhut der von Wolfgang erwähnte Oberförster sein. Die anderen zwei Reiter waren jung und gertenschlank, sie trugen lose Blusen, Reithosen und Stiefel. Einer von ihnen, mir stockte bei seinem Anblick der Atem, war unübersehbar der junge Graf, genauso, wie ich ihn mir vorgestellt hatte. Der dritte Reiter saß gerade im Sattel und bewegte sich geschmeidig im sanften Trapp seines Pferdes. Wer war er? Wolfgang sagte doch, der Graf wohne allein in der Burg, nur mit seinem Personal.

Als sie unter dem Baum vorbei ritten, entglitt meiner Brust ein abgrundtiefer Seufzer, ich erschrak, denn er war deutlich in der Stille ringsumher zu hören. Entsetzt sah ich, wie der Graf sein Pferd zügelte und hochblickte, direkt zu mir. Seine zwei Begleiter taten es auch. Ich wollte mich hinter dem Stamm, an dem ich mich festhielt, verstecken, aber ich konnte es nicht, ich schaute gebannt und verzaubert in das zu mir erhobene Antlitz. Es erschien mir überirdisch schön mit den schmalen Wangen, der geraden, aristokratisch langen Nase und dem fein geschwungenen Mund, das helle, halblange Haar war gescheitelt und hinter die anliegenden Ohren zurückgestrichen. Er schaute mich mit dunklen, großen, melancholischen Augen sekundenlang an, ich starrte zurück, eine gefühlte Ewigkeit lang schauten wir uns an, dann wandte er sich zu seinen beiden Begleitern und meinte mit jugendlich heiterer Stimme: „Ein scheuer Vogel, der sich nicht zu zeigen wagt. In diesem Wald ist man vor Überraschungen nicht sicher."

Jetzt erst sah ich, dass sein junger Begleiter ein außerordentlich schönes Mädchen war. Es hatte volles. rotblondes Haar, das im Nacken lose zusammengebunden war, klare, liebliche Züge und eine schlanke, biegsame Gestalt.

Lange schaute ich den drei Reitern nach, auch noch, als sie längst hinter einer Wegbiegung verschwunden waren, sich die Geräusche der Pferdehufe verflüchtigt hatten und nur noch ein fröhliches Vogelkonzert zu hören war.

Ich weiß nicht, wie lange ich wie benommen auf dem Baum gehockt bin, mein Herz lag mir schwer wie ein Stein in der Brust. Ja, ich war zutiefst aufgewühlt und zutiefst enttäuscht, denn mein Traumprinz war nicht einsam und traurig, er wartete nicht in seiner Burg auf jemanden wie mich.

Die Greisin verstummte, ich sah, dass sie eingeschlafen war. Auf ihrem alten Gesicht aber lag ein feines, seliges Lächeln.

Ich klappte den Schreibblock zu, in dem ich ihr Erzähltes in Stichwörtern festgehalten hatte.

Es war spät geworden, trotzdem wählte ich Bernhardt Nummer, er wäre womöglich beleidigt gewesen, wenn ich ihm nicht noch, wenn auch wegen der schlafenden Annalena flüsternd, eine „Gute Nacht" gewünscht hätte.

Am nächsten Morgen erfuhr ich bei der Visite, dass meiner Entlassung am nächsten Tag nichts mehr im Wege stünde. Nur noch eine Augenuntersuchung am

Vormittag sei angesagt, danach könne ich nach Hause gehen. Den Bericht über die Untersuchungsergebnisse würde man meinem Hausarzt zuschicken.

Eine sehr erfreuliche Mittteilung nach vier Tagen Krankenhausaufenthalts, normalerweise, aber leider bedeutete das auch, dass ich Annalenas Geschichte nicht zu Ende hören konnte. Heute Abend würde ich sie vielleicht noch einmal dazu animieren können, aber würde das reichen? Der Gedanke, einen Tag herauszuschinden, indem ich zum Beispiel Kopfschmerzen vortäuschte, kam mir in den Sinn. Aber das war Quatsch, denn Annalenas Entlassung stand ja auch bevor. Wie schade.

Als ich am Nachmittag Bernhardt sagte, dass ich Morgen mit nach Hause fahren kann, es wäre soweit alles Paletti bei mir, da wunderte er sich über meine mangelnde Begeisterung.

„Na, siehst du", meinte er, „jetzt wissen wir wenigstens, dass bei dir alles in Ordnung ist. Das ist doch sehr erfreulich, oder?"

„Sicher", meinte ich. „Es waren nur die Nerven, die in Sardinien, am Flughafen verrückt gespielt haben.

Du musst halt behutsamer mit mir umgehen und mich nicht immer ärgern, nicht wahr?"

„Jawohl, Frau Baumgart, habe verstanden. Werde dich in Zukunft in Watte wickeln."

„Quatschkopf", meinte ich, ihn anlächelnd. Mein Lächeln musste etwas sparsam ausgefallen sein, denn er meinte ernstwerdend: „Wir müssen in Zukunft besser auf uns achten und sorgsamer miteinander umgehen. Meinst du nicht auch, Charlotte?"

„Allerdings, Berni."

Ein unerwartetes Wiedersehen.

Nachdem am Abend Ruhe im Krankenzimmer eingekehrt war, meinte ich zu meiner Bettnachbarin: „Ich fürchte, Annalena, heute ist unser letzter Abend, morgen werde ich entlassen. Sie waren mir wirklich eine ausgesprochen angenehme Bettnachbarin."

„Ich werde Sie vermissen, Frau Baumgart", entgegnete sie lächelnd. „Niemand interessiert sich heutzutage noch für die alten Geschichten. Sie haben mir jeden Abend geduldig zugehört, das war schön."

„Mich interessiert ihre Geschichte schon, Annalena, ich habe sie sogar auf notiert. Wenn ich darf, dann würde ich sie gern aufschreiben. Ich bin nämlich Hobbyautorin, müssen Sie wissen."

„Wirklich? Das würden Sie tun?"

„Sicher, Annalena. Wollen Sie ihre Geschichte nicht weitererzählen? Wie war es in Hermannstadt, in der Klosterschule? Wie ist es Ihnen dort ergangen? Haben Sie den jungen Grafen je wiedergesehen?"

„Oh, ja, einige Jahre später", meinte die Greisin wehmütig lächelnd. „Damals war ich schon eine ausgebildete Krankenschwester mit Labor- und OP Erfahrung.

Wir waren acht Mädchen in der Klosterschule, die sich einen Schlafraum teilten. Eine Klosterfrau unterrichtete uns. Es war eine gute Zeit.

Als wir in die Krankenhauspraxis eingeführt wurden, war es von Anfang an eine Zerreißprobe für uns Neulinge. Sehr schnell verabschiedeten sich die ersten Lehrschwestern, weil sie sich der Hektik des Krankenhausalltags, dem Lärmen der Alarmglocken aus den Lautsprechern, wenn Notfälle hereinkamen, dem Schreien und Sterben der Patienten nicht gewachsen fühlten. Schließlich waren nur noch Barbara und ich da. Wir blieben, weil wir mussten, wir konnten die Ärzte, Schwestern, Sanitäter und Pfleger, die bis an ihre Leistungsgrenzen arbeiteten, nicht auch noch alleine lassen.

Nach drei Jahren legten Barbara und ich die Schwesternprüfung ab, die neuen Schwesternanwärterinnen standen schon in den Startlöchern. Ich wünschte mir nur, dass sie sich standfester erweisen würden, wie ihre Vorgängerinnen.

Professor Dreissinger war ein strenger, aber auch ein nachsichtiger Vorgesetzter. Nur selten, wenn das Durcheinander in der Notaufnahme, der Lärm oder die allgemeinen Schlampereien zu groß wurden, platzte ihm der Kragen und er brüllte seine Untergebenen an. Wirklich ändern konnte das allerdings auch nichts.

Es war nicht zu übersehen, Professor Dreissinger bevorzugte mich. Er nahm mich mit in den OP Saal, wo ich das Operationsbesteck mit Desinfektionsmittel, soweit vorhanden, reinigen musste. Er beauftragte mich, eine Bestandsaufnahme des Medizinschranks zu machen und eine Liste von den am dringendst benötigten Medikamenten anzulegen, damit diese rechtzeitig und zügig angefordert werden können. Das tat ich gewissenhaft, obgleich es wenig Sinn machte, denn unser Krankenhaus litt notorisch unter Geldknappheit. Wundsalben, Verbandsmaterial, Hansaplast, Inhalationen, Opium, Sauerstoff für die schwer Lungenkranken und auch Desinfektionsmittel waren Mangelware und durften nur sparsam und nur in akuten Fällen angewendet werden.

Zudem war die Entlohnung der Ärzte und des Pflegepersonals, wie ich mitbekam, miserabel und unzuverlässig. Das war sehr belastend, auch wenn wir unseren Lohn hauptsächlich darin sahen, wenn ein Patient einigermaßen gesund entlassen werden konnte. Das war nicht selbstverständlich, denn für ausreichende Hygiene, wie schon erwähnt, fehlten einfach die Mittel und die Zeit. Dazu kam, dass im Sommer oft die Lüftung ausfiel oder wegen Strommangel ganz abgestellt werden musste, Ohnmachtsanfälle bei Patienten waren die Regel. Im Winter mussten wir mit der Heizung sparen, dann froren die Patienten in ihren Betten, trotz der Decken, die wir versuchten, überall aufzutreiben. Das Schlimmste aber war, wenn hilfesuchende Menschen abgewiesen werden mussten, weil sie ihre Behandlung nicht bezahlen konnten. „Kein Geld, keine Behandlung", hieß es dann lakonisch von der Oberschwester, sie hatte keine andere Wahl. Oder wenn ein Neugeborenes, vor allem ein Frühchen seine ersten Tage nicht überlebte, weil wir zu wenig Brutkästen hatten. Die wenigen, die wir hatten, waren hoffnungslos veraltet.

Ich blieb und lernte mit den schwierigen Verhältnissen mental und körperlich umzugehen. Andere konnten es schließlich auch, die Ärzte, Schwestern, die Sanitäter und Pfleger zum Beispiel, und ganz besonders Professor Dreissinger. Er gönnte sich kaum eine Verschnaufpause. Er war mein Vorbild.

Als eines Tages ein junger Adeliger mit Vergiftungserscheinungen in die Notaufnahme gebracht wurde, war die allgemeine Aufregung groß. Adelige, Beamte oder hohe Persönlichkeiten ließen sich selten bei uns einliefern und behandeln.

Der junge Mann leide unter Depressionen und sei Selbstmordgefährdet, hieß es. Professor Dreissinger forderte mich auf, mit an sein Krankenbett zu kommen, um mir ein Bild von dem besonderen Patienten zu machen.

„Einen solchen Fall haben wir nicht alle Tage, Schwester Annalena", meinte er wohlwollend. „Wäre gut, wenn Sie weitgehendst die Pflege des Kranken übernehmen könnten."

Ich war geschmeichelt ob des Vertrauens, das er mir wiederum erwies, hatte aber auch ein mulmiges Gefühl im Bauch.

Das Krankenzimmer, in welches man ihn gebracht hatte, war eine Spur sauberer wie die anderen, am Fenster hingen schmale Vorhänge, was aber den schäbigen Eindruck, den es machte, kaum mindern konnte. In dieses Zimmer wurden vorrangig selbstmordgefährdete Patienten gebracht, die einer besonderen Betreuung und Beobachtung bedurften. Ich hatte schon mehrmals die Pflege eines solchen Patienten übernommen.

Dem Kranken war gleich bei seiner Einlieferung der Magen ausgepumpt und danach die Temperatur und der Blutdruck gemessen worden. Jetzt lag er erschöpft, bleich und mit geschlossen Augen auf seinem Lager. Er war bis zum Kinn zugedeckt, trotzdem erkannte ich ihn sofort. Es war der junge Graf Vladimir Draculea. Mein Traumprinz.

Als ich mit Professor Dreissinger vor seinem Bett stand, schlug er die dunklen Augen auf und schaute mich an, ich war von seinem Blick wie hypnotisiert, mein Herz pochte wild bis zum Hals. Erst als ihn Professor Dreissinger ansprach, richtete er seine Augen auf ihn.

„Guten Tag, Graf Draculea", meinte dieser freundlich, „ich bin Professor Dreissinger und das ist", dabei schaute er mich lächelnd an, „meine zuverlässigste Kraft, Schwester Annalena. Sie wird sich ein wenig um Sie kümmern. Haben Sie einen Wunsch? Möchten sie etwas lesen? Vielleicht ein bestimmtes Buch? Wir haben drüben im Kloster eine sehr akzeptable Bibliothek."

Graf Draculea schüttelte verneinend den Kopf. „Danke, Professor. Bitte keine Umstände. Ich brauche Ruhe. Nur Ruhe."

Nun, das war wahrscheinlich etwas, was wir ihm nicht unbedingt bieten konnten in diesem Krankenhaus.

„Wir werden alles tun, damit Sie sich wieder erholen, mein lieber Graf", meinte der Professor, ohne überheblich oder anzüglich zu wirken. Er pflegte allgemein einen etwas burschikosen, freundschaftlichen Ton mit den Patienten. „Schwester Annalena wird ihnen eine Kanüle mit einem Stärkungsmittel anlegen und für Sie in der Klosterküche eine spezielle Schonkost beantragen. Keine Bange, unsere Köchinnen vollbringen wahre Wunder mit den Mitteln, die ihnen zur Verfügung stehen. Ich werde später noch einmal nach Ihnen sehen."

Er ging mit mir hinaus, um mir noch einige Anweisungen zu geben. „Nun, Annalena", fragte er, „wie ist Ihr Eindruck von dem Patienten?"

„Nun, ja", antwortete ich bedrückt, „der Graf wirkt sehr abgeklärt auf mich, beinahe so, als hätte er mit dem Leben abgeschlossen."

„Hm, diesen Eindruck habe ich leider auch", gab mir der Professor recht. „Er ist offenbar in einer schweren Krise. Schließlich wollte er sich vergiften, nicht wahr? Aber ich bin mir sicher, wenn er erst einmal zu Kräften gekommen sein wird, wird er auch seinen Lebensmut zurückgewinnen. Er hat durchaus eine reelle Chance, körperlich und seelisch vollkommen zu genesen. Der Graf ist ein Bluter, das steht in seinen Papieren, die uns der Sani bei seiner Einlieferung übergeben hat. Wir müssen ihm also zuerst ein Tromboxan verabreichen, um sein Blut zu verdicken und unkontrollierten Blutungen vorzubeugen. Danach kann eine Kanüle mit einer Vitaminlösung angelegt werden, mit etwas Tranquilizer, damit er ruhig wird und gut schlafen kann. Haben wir noch welches?"

„Ja, Herr Professor. Aber wir brauchen dringend Nachschub. Es fehlt im Medikamentenschrank einfach an allem."

„Ich weiß. Annalena, ich tue mein Bestes. Aber im Moment ist es etwas schwierig."

Natürlich, wann ist es das nicht.

In den folgenden Tagen wurden zu unserer Verwunderung etliche Pakete abgegeben, sie waren vollgepackt mit Medikamenten, die sonst kaum zu bekommen waren. Der Medizinschrank füllte sich auf wunderbare Weise mit Wundsalben, Desinfektionsmitteln, Inhalationen, mit Opium und Sauerstoff. Im OP wurde das Operationsbesteck, die Scheren und Klammern durch neue ersetzt, der Scheinwerfer über dem OP-Tisch wurde erneuert und die Regale mit Einweghandschuhen, neuen Kitteln, Verbandsmaterial, Mundschutz, Pflastern und Scheren aufgefüllt. Niemand wusste, woher der unglaubliche Segen kam, Professor Dreissinger meinte nur: „Ein Gönner, der nicht erwähnt werden will. Seien wir froh und dankbar darüber."

Wir waren froh und dankbar darüber, aber am meisten freute es mich, dass ich mich vorrangig um den Grafen kümmern durfte, auch wenn dies Barbara, die mir an Erfahrung, Fleiß und Zuverlässigkeit keineswegs nachstand, nicht sonderlich gefallen konnte.

Die ersten Tage verschlief mein besonderer Patient dank des milden Beruhigungsmittels, welches ich ihm mit der Vitaminlösung verabreichte, größtenteils. Das war gewollt und Teil seiner Behandlung.

Ich hatte genug Zeit, jeden Tag seine Kissen und sein Bett aufzuschütteln und die Bezüge und Handtücher regelmäßig zu wechseln. Ich durfte seinen Puls und seine Temperatur messen und ihm seine Medikamente verabreichen. Auf die Vitaminlösung konnte nach einigen Tagen verzichtet werden, das Tromboxan allerdings, welches sein Blut verdickte, brauchte er wohl seiner Lebtag. Ich durfte ihm sein Essen bringen, nicht das übliche, fade Krankenhausessen, sondern feine Hühnerbrühe mit Fadennudeln, Hühnerbrust mit lockerem Kartoffelstampf, zartes Gemüse und sowas.

Das Befinden des Grafen verbesserte sich mit jedem Tag mehr, Professor Dressinger war bei seinen Visiten zufrieden mit ihm. Nur der seelische Zustand des Patienten wollte ihm noch nicht recht gefallen.

„Er spricht nicht viel, nicht wahr, Annalena?", fragte er mich gewöhnlich nach seinen Visiten.

„Nein, Herr Professor", musste ich es jedes Mal bestätigen. „Aber er ist sehr höflich und vergisst nie, sich für alles und jedes zu bedanken. Er hat einen guten Appetit und lächelt immer öfter. Ich finde, er macht gute Fortschritte."

„Schön, Annalena, ich glaube, Sie haben eine gute Wirkung auf ihn. Animieren Sie ihn zum Sprechen, fragen Sie ihn, erzählen Sie, was immer Ihnen in den Sinn kommt."

„Ich werde es versuchen, Herr Professor. Aber ich glaube, das Schweigen hat ihm bislang recht gut getan. Ich will ihn auf keinen Fall bedrängen."

„Ich verlasse mich auf Sie, Annalena. Sie werden sich weiterhin, soweit wie möglich um ihn kümmern."

Graf Vladimir schmale Wangen bekamen etwas Farbe, seine melancholischen, schönen Augen blickten lebhafter, interessierter. Als ich ihm eines Mittags sein Essen servierte, bat er mich, wenn möglich noch etwas zu bleiben. „Sehr gern", meinte ich freudig überrascht. „Es freute mich sehr, dass es Ihnen besser geht und Ihnen unsere Schonkost bekommt, Graf Vladimir."

„Es ist nicht allein die Schonkost, Schwester Annalena, es ist auch die gute Pflege", meinte er mit einem kleinen Lächeln, um dann gleich wieder ernst zu werden. „Aber Sie wissen, dass dies nicht nach meinem Sinne ist. Meinen Sie, es ist verwerflich, sterben zu wollen? Oder ist es das gute Recht eines jeden Menschen?"

Ich erschrak, über ein solches Thema wollte und durfte ich nicht reden, dazu war ich nicht berechtigt. Dem war ich auch nicht gewachsen, ich war weder ein Seelsorger noch ein Therapeut.

„Sie wurden hierher gebracht, Graf Vladimir", stotterte ich endlich, „um gesund zu werden. Es ist die Pflicht und das Bedürfnis eines jeden Arztes und Pflegers, einem Kranken zu helfen."

„Ich weiß", meinte der Graf und ein kleines, müdes Lächeln umspielte seinen schönen Mund. „Mein guter, alter Freund, Oberförster Jakob Blickhahn, hat es gut gemeint, als er mich gegen meinen ausdrücklichen Willen hierher bringen ließ. Ich bin ihm nicht böse darum."

„Es war gut, dass er es getan hat, Graf Vladimir. Wie schmeckt Ihnen das Kirschkompott? Es ist aus unserem Klostergarten. Gerade ist die Kirschernte. Wenn Sie wollen, können wir gern einmal hingehen. In dieser Jahreszeit ist es dort besonders schön."

„Vielleicht, Annalena. Das Kompott schmeckt vorzüglich. Danke dafür und für ihre Fürsorge."

Er legte sein Besteck beiseite, es hatte den Anschein, als würde er wieder in sein Schweigen und seine Melancholie verfallen. Aber plötzlich meinte er, zu mir aufblickend: „Vielleicht begleiten Sie mich einmal in die Bibliothek, von der Professor Dreissinger gesprochen hat. Eventuell gibt es dort wissenschaftliche Abhandlungen über die Astronomie, die ich noch nicht kenne. Vor allem die chinesische Sternkunde und die Sternzeichen habe ich noch nicht eingehend genug studiert, obgleich ich Zuhause eine recht ordentliche Bibliothek darüber habe. Durch mein großes Teleskop beobachte ich in den klaren Nächten den Sternenhimmel. Ich habe schon einiges über die Himmelskörper und ihre Bewegungen aufgezeichnet.“

Aha, Graf Vladimir kommt also nachts nicht ins Dorf und schaut in die Fenster der Häuser, so wie die alte Berta vom Gruberhof es glaubte gesehen zu haben, er beobachtet stattdessen den Sternenhimmel. Ich war glücklich, ihn von seinem Hobby erzählen zu hören, welches er offensichtlich mit viel Freude und Leidenschaft betrieb. „Sehr gern, Graf Vladimir“, beeilte ich mich zu sagen. „Noch heute, wenn Sie wollen. Nachdem Sie etwas geruht haben.“

Die Bibliothek des Klosters bot jede Menge Bücher über rumänische Freiheitskämpfe, die Fürsten des Landes mussten sich über Jahrhunderte hinweg gegen wechselnde Aggressoren aus Kleinasien, der Mongolei oder aus China verteidigen. Es gab Bücher über die Mönche von Pleven, die im Mittelalter in den Bergen lebten und wunderbare Höhlenmalereien hinterließen, Bildbände über die heimische, reiche Fauna und Flora, über Braunbären und Wölfe, die in großen Populationen die Karpaten bewohnen, und über heimische Heilkräuter und ihre Wirkung. Es gab Bücher über Rumäniens Bodenschätze, wie Öl, Kohle, Erze, Gold und Silber, die noch immer in ungeahnten Mengen ungenutzt im Boden schlummern, Bücher über spektakuläre Erfindungen und schließlich Bücher über die Astronomie. Der Graf aber kannte sie alle, er meinte, er hätte in seiner Bibliothek eine umfassende Enzyklopädie darüber. Eine entfernte Verwandte bringe bei ihren seltenen Besuchen immer die neuesten, wissenschaftlichen Abhandlungen mit.

Sofort fiel mir das wunderschöne Mädchen ein, mit dem ich ihn damals, als ich auf dem Baum saß, gesehen habe. Er war mit ihr und dem Förster in den Wald hineingeritten.

Weil es ein milder Sommernachmittag war, machte ich mit dem Kranken einen Abstecher in den Klostergarten. Wir setzten uns auf eine Bank, ließen uns die Sonne in die Gesichter scheinen und betrachteten den weitläufigen, mit Beeten und Blumenrabatten versehenen Garten. Schmale Wege führten hindurch, im Hintergrund waren niedrige Obstbäume zu sehen.

„Schön", meinte der Graf und lehnte sich entspannt zurück, er wirkte gelöst, fast glücklich. „Sehr schön. Wissen Sie, Annalena, mir ist, als würde ich Sie schon lange kennen. Dabei haben wir uns doch erst kürzlich kennengelernt, nicht wahr?"

„Nicht ganz, Graf Vladimir, wir haben uns schon einmal gesehen, einen kleinen, unvergessenen Augenblick lang. Ich bin der scheue Vogel, der sich nicht wagte, sich zu zeigen."

Graf Vladimir schaute mich einen Moment aufmerksam an, dann schien er sich zu erinnern. „Oh, ja, der scheue Vogel", meinte er lächelnd. „Ich erinnere mich. Was er da oben, auf dem Baum wohl gemacht haben mochte?"

„Er wollte den einsamen Burgherrn sehen", meinte ich leise. „Nur aus der Ferne und nur ganz kurz, bevor man ihn wegbringen würde, hierher in dieses Kloster, um den Beruf der Krankenschwester zu erlernen. Vielleicht auch nur, um Sie wiederzusehen, Graf Vladimir. Sie müssen mir versprechen, wieder ganz gesund zu werden."

Wieder schaute mich der Graf mit seinen schönen, melancholischen Augen nachdenklich an. Sein schmales Antlitz, von der Sonne umschmeichelt und von seinem hellbraunen, mittellangen Haar umrahmt, war schön wie ein Bildnis. Der helle Bartansatz auf seinen Wangen und seinem Kinn, durch das helle Tageslicht sichtbar gemacht, verlieh ihm eine jugendliche Männlichkeit.

Mir zitterte das Herz. Wird er ärgerlich sein oder spöttisch auf meine Offenheit reagieren. Wird er mich für zu aufdringlich halten?

„Mag sein, Annalena, dass ich einsam bin", meinte er schließlich, „aber ich bin keinesfalls allein. Ich bin umgeben von den Gespenstern meiner Vorfahren, mit denen ich die Burg bewohne. Ich bin einer der Ihren und selbst ein Gespenst. Selbst meine Vertrauten und Bediensteten sind zu Gespenstern geworden."

„Warum sagen Sie das, Graf Vladimir?", fragte ich erschrocken. „Sie leben, sie sind jung, schön, klug. Sie können so viel bewirken."

„Wozu, Annalena?", fragte er mit einem schmerzlichem Zug um den schmalen Mund. „Es hat keine Bedeutung, ob ein Mensch dreißig oder siebzig Jahre alt wird, ob er Länder erobert, ein großer Erfinder oder Entdecker ist, ein Wohltäter oder ein Verbrecher. Alle Bemühungen und alles Streben ist bedeutungslos in der Unendlichkeit der Zeit, das haben mich meine Vorfahren gelehrt. Ich bin ein toter Ast am Stammbaum meiner Ahnen, Annalena, den ein guter Förster beizeiten abhacken sollte. Seit der Rubin des osmanischen Sultans im Besitz meiner Familie ist, sind wir verflucht. Er hat ihn damals aus Dankbarkeit meinem Urahn geschenkt, in Wirklichkeit aber war es ein heimtückischer Akt der Rache."

Ich war zutiefst betroffen, der Graf war krank, seine Seele war krank, das zeigte sich nun überdeutlich. Aber war er auch unheilbar krank? Alles in mir wehrte sich dies auch nur in Betracht zu ziehen. „Aber", wandte ich vorsichtig, ihn liebevoll besorgt betrachtend, ein, „das alles ist schon so lange her. Warum sollten Sie sich noch heute mit diesen alten Geschichten belasten?"

„Der Rubin ist ein Erbe, Annalena", antwortete der Graf. „Das Schicksal meiner Vorfahren, meine Herkunft ist ein Erbe, ich kann es nicht einfach ablegen. Elisabeth, meine Cousine aus England, die derzeit in der Burg weilt, glaubt dies. Sie glaubt, man solle den Rubin im tiefsten Meer versenken, auf dem Meeresgrund könne er niemanden schaden. Aber würden dann nicht die Schiffe versinken, deren Route über ihn verlaufen? Könnte er nicht mit Flutwellen die angrenzenden Küsten verwüsten? Ich mag meine Cousine und ihre Ansichten nicht. Hoffentlich ist sie inzwischen abgereist. Sollten wir nicht langsam zurückgehen, Annalena?"

Wir gingen zurück in die Klinik und in sein Krankenzimmer. Es war Zeit für das Abendessen und danach für die letzte Visite des Professors. Intuitiv erzählte ich ihm nichts von dem Gespräch mit dem Grafen, ich hatte das Gefühl, es wäre ein Vertrauensbruch gewesen. Und ich wollte seine Vertraute sein, in der kurzen Zeit, in der er hier war.

Die Greisin im Nachbarbett schwieg, sie schaute prüfend zu mir herüber, wie um sich zu vergewissern, dass ich noch wach war. Dann nahm sie mit zittriger

Hand das Wasserglas von ihrem Nachttisch und trank einen kleinen Schluck daraus.

„Sie sind müde, Annalena, Sie wollen schlafen, nicht wahr?", fragte ich sie besorgt.

„Nein, keineswegs, ich bin hellwach", meinte sie. „Natürlich, da liegt ja noch meine Schlaftablette, ich habe wieder einmal vergessen sie zu nehmen. Aber Sie, Frau Baumgart, Sie sind doch müde, nicht wahr? Belästige ich Sie nicht zu sehr mit meinen alten Geschichten?"

„I wo, Annalena, keine Spur. Ich bin noch putzmunter", beteuerte ich. „Ich könnte Ihnen problemlos die ganze Nacht zuhören. Wollen Sie vielleicht noch ein wenig weitererzählen? Haben Sie etwas über diesen Rubin erfahren? Diesen Unglücksrubin, den der Graf erwähnt hatte."

„Oh, ja", erinnerte sich Frau Haberle, „ich hatte zuerst gedacht, es wäre nur eine krankhafte Einbildung des Grafen und erzählte Professor Dreissinger, der über die Genesungsfortschritte des besonderen Patienten sehr zufrieden war, nichts davon. Der Professor sah es gern, wenn ich mit dem Grafen bei fast jedem Wetter durch die Beete des Klostergartens flanierte, dort mit ihm das eine oder andere Kraut oder die eine oder andere Frucht probierte und wir über deren Geschmack und Wirkung philosophierten. Danach setzten wir uns gewöhnlich auf die Bank, ließen uns von der tiefstehenden Sonne bescheinen und genossen die beschauliche Abendstimmung.

Graf Draculea erzählte nichts mehr von seinen Vorfahren und den Gespenstern, mit denen er die Burg bewohnte. Er schien sie langsam zu vergessen.

Ich war glücklich, denn ich glaubte, der Graf wäre auf dem besten Weg der Genesung, wozu ich nicht unwesentlich, wie ich glaubte, beitragen durfte. Es war ohne Frage die schönste Zeit meines Lebens.

Auch wenn der Graf offensichtlich keine Eile damit hatte, die Klinik zu verlassen und diese sichtlich von seiner Gegenwart profitierte, -der Medizinschrank war seit er hier war stets gut gefüllt und in der Babystation waren zu den drei veralteten Brutkästen zwei moderne hinzugekommen, ein wahrer Segen- so wurde es nun doch allmählich Zeit, an seine Entlassung zu denken. Viele Kranke benötigten dringend ein Bett.

Insgeheim hoffte man natürlich, dass der Graf nach seiner Entlassung das Krankenhaus nicht vergessen, sondern es weiterhin mit wohlwollenden Spenden unterstützen würde.

Davon erwähnte Professor Dreissinger natürlich nichts, als er bei einer Visite scherzhaft meinte. „Sie sind gesund, lieber Graf, und können uns in den nächsten Tagen verlassen. Glauben Sie mir, wir werden Sie vermissen, aber nichtsdestotrotz hoffe ich natürlich, dass Sie uns in Zukunft nicht mehr beehren werden und unsere Hilfe in Anspruch nehmen müssen. Ich hoffe auch, dass Sie uns in guter Erinnerung behalten werden."

Seit der Graf wusste, dass seine Entlassung unmittelbar bevorstand, verschlechterte sich sein Gemütszustand merklich. Er fiel zusehends in seine alte Schwermut zurück.

„Freuen Sie sich nicht, wieder heimzukommen, zu ihren Leuten?", wagte ich ihn eines Nachmittags, als wir wieder auf unserer Sonnenbank saßen, zu fragen.

„Ja, ich möchte heimgehen, Annalena, zu meinen Ahnen. Werden Sie mir dabei helfen?"

Ich glaubte nicht richtig verstanden zu haben und sagte: „Wenn Sie möchten, Graf Vladimir, dann könnte ich Professor Dreissinger bitten, Sie nach Hause begleiten zu dürfen. Sie wissen vielleicht, dass meine Familie im Dorf lebt, ich würde sie gern wiedersehen. Meinen Bruder kennen Sie, er hat Sie früher regelmäßig besucht. Können Sie sich noch an ihn erinnern,"

„Wolfgang", meinte der Graf und ein verhaltenes Lächeln glitt über seine Züge. „Oh, ja, ich mochte ihn gleich, als ich ihn das erste Mal auf der Wiese, bei den Pferden sah, ein kleines Mädchen war bei ihm. Ich bin seinem Vater sehr dankbar, dass er kommen durfte, Wolfgang hat mit seiner Unbeschwertheit und unaufdringlichen Neugierde Licht und Fröhlichkeit in die Burg gebracht. Aber dann kam er nicht mehr, er ging fort, um zu lernen. Und du bist seine Schwester, Annalena?"

Ich nickte und überlegte, ob ich ihm die Kette mit dem Kreuz, das er einmal meinem Bruder schenkte, zurückgeben sollte. Ich habe sie, seit Wolfgang sie mir gab, nie mehr abgelegt. Würde Graf Vladimir die Kette jetzt nicht viel mehr brauchen wie ich, bei all den Gespenstern, die ihn umgaben?

Aber war es überhaupt klug, das Kettchen zum jetzigen Zeitpunkt zu erwähnen? Womöglich wird es ihn an Dinge erinnern, die er besser vergessen sollte, um endgültig zu genesen. Noch während ich darüber nachdachte, meinte der Graf: „Sie haben mich vorhin schon richtig verstanden, Annalena, nicht wahr. Ich will sterben und ich fragte Sie, ob Sie mir dabei helfen wollen. Sie werden mir dabei helfen, nicht wahr?"

„Nein, ganz sicher nicht!" Ich schaute ihn empört an. Wie konnte dieser wunderbare, edle Mensch nur so denken. Wie konnte er so etwas Ungeheures von mir verlangen.

„Seien Sie nicht entsetzt und nicht enttäuscht von mir, Annalena", meinte der Graf bitter lächelnd. „Ob Sie mir helfen werden oder nicht, ich werde heimgehen zu meinen Ahnen. Aber, Annalena, wenn Sie mir dabei helfen, wäre es ein großer Freundschaftsdienst. Wir sind doch Freunde, Annalena? Werden Sie mir helfen?"

Alles in mir bäumte sich auf, der kalte Schweiß brach mir aus und ließ mich frösteln. Ich wollte weglaufen, weit, weit weg, aber ich blieb wie festgenagelt neben ihm auf der Bank sitzen.

„Ist es der Rubin?", fragte ich und fühlte, wie alles Blut aus meinem Kopf wich.

„Der Blutrubin? Ja, Annalena", meinte der Graf. „Seit er im Besitz meiner Familie ist, hat es zahllose Totgeburten und Missgestaltete, Schwachsinnige, Bluter und Schwermütige wie mich gegeben, auch Mörder und erbarmungslose Barbaren. Dies kann man in der Familienchronik nachlesen und auch, dass der Zweig meiner Familie verflucht ist."

„Aber wie kam dieser Rubin in den Besitz Ihrer Familie", wollte ich mit einer mir völlig fremden Stimme wissen.

„Auch das ist in der Familienchronik niedergeschrieben", meinte der Graf ruhig. „Der Rubin war demnach ein Geschenk des Sultans von Kleinasien, er hieß Bajasid und herrschte Anfang des 16. Jahrhunderts über Kleinasien und über große Gebiete des Balkans."

Dann erzählte Graf Vladimir, was in der Familienchronik der Draculeas niedergeschrieben war. Ich hörte ihm gebannt und erschauernd zu.

„Mein Urahn, Graf Ferdinand", begann er, „war wie alle Draculeas ein mutiger Kämpfer, er verteidigte sein Land, welches damals die Südkarpaten und seine fruchtbaren Ausläufe umfasste, erfolgreich gegen die anstürmenden Horden des Sultans. Dabei gelang es ihm mitunter Gefangene zu machen, die er im Vorhof seiner Burg öffentlich Pfählen ließ. Die Hingerichteten beließ er tagelang auf den Pfählen, wo ihr Fleisch von den Vögeln gefressen wurde oder bei Wind und Wetter verrottete. Ein Krieger wusste, egal auf welcher Seite er kämpfte, was einem Gefangenen blühte, ein ehrenvoller Tod auf dem Schlachtfeld oder durch die eigene Hand war ihm tausendmal willkommener.

Nun, eines Tages befand sich unter den Gefangenen des Grafen der Sohn des Sultans, man erkannte ihn leicht an seinem stolzen Gebaren und an dem reich mit Edelsteinen verzierten Griff seines Schwertes. Natürlich wurde es ihm abgenommen, sowie auch die anderen Gefangenen entwaffnet wurden. Der Sohn des Sultans leugnete seine Abstammung keineswegs, er gab sie stolz zu. Er wurde wie seine Mitgefangenen in das Burgverlies geworfen, wo er seiner Hinrichtung entgegensah.

Inzwischen wurden im Vorhof die Reste der vorher Hingerichteten notdürftig von den Pfählen entfernt, denn schon am nächsten Morgen sollten die neuen

Gefangenen bei Sonnenaufgang ohne Ausnahme hingerichtet werden.

Aber es ergab sich, dass Ferdinands Sohn Albert, er war der älteste von seinen vier wohlgeratenen Söhnen, großes Gefallen an dem Sohn des Sultans fand und seinen Vater um dessen Begnadigung bat. Oder wenigstens um einen Aufschub seiner Hinrichtung.

Als Ferdinand dies rundweg ablehnte, ein Feind bleibe ein Feind, das gelte vor allem für den Sohn des Sultans, da wandte sich Albert an seine Mutter Zaire.

Zaire war eine sehr warmherzige Frau. Als sie sah, wie ernst es ihrem Sohn mit seiner Bitte war, stieg sie mit ihm hinab zu den Verliesen, um den Sohn des Sultans selbst in Augenschein zu nehmen.

Die Gefangenen waren allesamt raue Kriegsmänner, die weder Tod noch Teufel fürchteten. Sie waren verloren, das wussten sie, aber sie würden ihr Schicksal mit heroischer Würde ertragen. Der Sohn des Sultans saß unter ihnen und blickte zur vergitterten Mauerspalte empor. Hoffte er, dass sein Vater kommen würde, um ihn und seine Männer zu retten?

Als Albert und seine schöne Mutter das Verlies betraten, richtete er sich auf und blickte ihnen mit stolzer Miene entgegen. Seine Mitgefangenen aber witterten eine Chance, könnte man die beiden nicht als Geiseln benutzten und so die Freilassung erzwingen. Es wäre dumm, die Gelegenheit nicht wahrzunehmen, selbst wenn sie dabei einen ehrbaren Tod finden würden. Albert war zwar bewaffnet, aber sein Schwert steckte in der Scheide, offenbar beabsichtigte er keineswegs es zu gebrauchen.

Der Sohn des Sultans allerdings, der ansonsten mutig an vorderster Front kämpfte, schien keinen Moment an eine solche Möglichkeit zu denken, er verhielt sich den Bezwingern gegenüber seltsam zahm. Er erhob sich, kreuzte seine Armen vor der Brust, verbeugte sich leicht vor der Gräfin, beinahe wie bei einem Empfang, und erklärte: „Ich bin Severin, der letztgeborene Sohn des großen Eroberers Sultan Bajasid. Und das sind einige meiner mutigen Gefährten", dabei deutete er mit einer leichten Handbewegung auf seine grimmig blickenden Begleiter. „Ich bedaure sehr, Sie unter solch widrigen Umständen kennenzulernen."

Severin war ein Jüngling von großer Schönheit, er hatte eine muskulöse, schlanke Statur und edle, arabische Gesichtszüge, der Blick seiner braunen Augen war offen und ohne Trug. Sein Benehmen blieb bei

Zaire nicht ohne Wirkung, sie verstand nun ihren Sohn, der meinte, der Sohn des Sultans darf nicht auf eine solch erbärmliche Weise sterben.

„Ich bin Zaire, die Gattin des Grafen Ferdinand Draculeas, in dessen Burg ihr euch befindet", stellte sie sich in der gleichen höflichen Weise, wie es vorher der Sohn des Sultans getan hatte, vor. „Und das ist mein Sohn Albert. Wir werden alles tun, um bei meinem Gatten eine Begnadigung für dich zu erwirken."

„Eine Begnadigung wollen wir nicht", meinte Severin stolz. „Sollen wir, die Krieger des Bajasid, zum Hohn aller Feinde in einem feuchten Verlies verrotten? Wir fürchten den Tod nicht."

„Du wirst nicht sterben und auch nicht schmachten müssen", versprach Albert leidenschaftlich, ohne zu wissen, wie er dies beim Vater bewirken sollte. Er wäre sogar bereit gewesen, dem Sohn des Sultans zur Flucht zu verhelfen, aber noch hoffte er auf die Unterstützung seiner Mutter, die vom Sohn des Sultans, seinem natürlichen Charme und seiner Vornehmheit gleichfalls beeindruckt schien. Wenn sie den Vater bat, ihn zu verschonen, dann würde er dies gewiss nicht abschlagen können.

Graf Ferdinand Draculea liebte seine schöne Gemahlin abgöttisch. Als auch sie ihn bedrängte, den Sohn des Sultans freizugeben, weil es die beste Strategie wäre, Sultan Bajasid zu bewegen, kampflos den Rückzug aus ihrem Land vorzunehmen und es in Zukunft zu verschonen, da musste er der Logik ihrer Argumente nachgeben. Er sah ein, dass sich eine Gelegenheit wie diese kaum jemals wiederholen würde und verfasste noch in derselben Nacht ein Schreiben an den Sultan von Kleinasiens. Er betonte darin, dass er als Zeichen seines guten Willens und in der Hoffnung, Bajasid würde in Zukunft sein Land von jeglichen Aggressionen verschonen, seinen Sohn Severin unbeschadet freigeben wird.

Severin wurde begnadigt, nur er. Allerdings musste er am nächsten Morgen bei Sonnenaufgang der Hinrichtung seiner Getreuen beiwohnen. Eine Schmach, die er nie verwinden würde.

Nach den Hinrichtungen wurde ihm sein Schwert ausgehändigt, dann brachte ihn eine Eskorte berittener, schwerbewaffneter Soldaten ans Schwarze Meer, wo er auf einem Schiff nach Kleinasien und dann nach Ankara, in den Palast seines Vaters gebracht wurde.

Monate später bedankte sich Sultan Bajasis dafür, indem er Graf Ferdinand Draculea und seiner Gemahlin Zaire mit den besten Empfehlungen ein aus feinstem Götterbaum gearbeitetes Kästchen zukommen ließ. Als Dank für die Freilassung seines geliebten Sohnes Severin, wie er in einem Begleitschreiben betonte.

Das Kästchen hatte sieben Schlösser, die durch ein kompliziertes System entriegelt werden mussten. Auch die Beschreibung dazu war verschlüsselt und rätselhaft, so als wollte der Sultan der Grafenfamilie eine letzte Chance geben.

Aber schließlich gelang es doch, das Kästchen zu öffnen. Als Zaire die golddurchwirkte Seide darin zurückschlug, lag ein Rubin von atemberaubender Schönheit und Reinheit vor ihr. Er hatte die Größe einer Feige und die Form und Farbe eines Blutstropfens. Ein wahrhaft königliches Geschenk.

Oder war der Rubin die Rache des Sultans für seinen jüngsten Sohn, der sich bald nach seiner Heimkehr das Leben nahm? Severins Willenskraft war gebrochen, seit er, zur Mahnung und Abschreckung, dem entwürdigenden Schauspiel der Hinrichtung seiner Getreuen hatte beiwohnen müssen.

Zaire aber hatte nicht den geringsten Argwohn, sie war vom Glanz und der Form des Rubins förmlich geblendet. Sie ließ ihn in ein Diadem einarbeiten, welches von nun an bei allen Festlichkeiten und Banketten, die der Graf ihr zu Ehren veranstalten ließ, ihre schöne Stirn zierte. Bald war sie nur noch unter dem Namen „Die Blutsgräfin" bekannt.

Im darauf folgenden Jahr starb sie im Kindsbett ihres fünften Sohnes. Ferdinand war untröstlich, er machte diesen Sohn, er nannte ihn Marvin, für den Tod seiner geliebten Gemahlin verantwortlich.

Ferdinand ließ für sie ein kleines, ungemein prächtiges Mausoleum an die Burg bauen, welches er durch eine Verbindungstür jederzeit betreten konnte. Die besten Künstler des Landes wurden beauftragt, die Wände des Grabmals mit Motiven von Transsilvanien und Siebenbürgen herrlich zu bemalen, Zaire hatte die urwüchsigen Wälder und felsigen Hänge dieser Landschaft geliebt und viel Zeit darin verbracht. Ferdinand ließ aus einem einzigen Marmorblock einen Sarkophag herausarbeiten und in das Mausoleum bringen. Nachdem er von seiner Gemahlin Abschied genommen, ihr das Diadem angelegt und sie in den Sarkophag gebettet hatte, ließ er diesen mit einer zentnerschweren Marmorplatte verschließen. Der Rubin würde nun für immer und ewig ihre Stirn schmücken.

Marvin aber, Ferdinands jüngster Sohn, blieb geistig und körperlich zurück und verließ die Burg kaum. Nachdem er achtzehn Jahre dumpf vor sich hin vegetiert hatte, starb er unerwartet."

Sultan Bajasid aber wurde, nachdem er seinen Machtbereich bis nach Griechenland ausgeweitet hatte, bei Ankara von einem mongolischen Herrscher namens Tumor vernichtend geschlagen, gefangengenommen und eingekerkert, seine Gemahlin wurde versklavt. Einige Monate später starb Bajasid in der Gefangenschaft, seine Söhne zerstritten sich daraufhin und bekriegten sich solange sie lebten.

Graf Vladimir schaute sinnend auf einen Käfer, der vor unseren Füßen geschäftig den Weg entlang krabbelte. Über den Klostergarten hatte sich der Abend gesenkt, in den Zweigen eines Ginsterstrauchs sang eine Nachtigall. „Das Leben ist so schön", dachte ich traurig „Warum nur waren die Menschen nicht fähig, es zu genießen."

„Der Rubin", fuhr Graf Vladimir schließlich fort, „brachte meiner einst stolzen Familie Unglück, sie verödete allmählich wie ein absterbender Ast. Ich bin der letzte direkte Nachkomme von Ferdinand und Zaira, ein letztes, welkes, taumelndes Blatt oder wie dieser Käfer dort, der so eilig einem ihm so wichtigen und doch unbedeutenden Ziel entgegen strebt. Ich könnte ihn zertreten, ohne dass es die geringsten Folgen hätte."

„Aber niemand, nicht der genialste Mensch, könnte jemals einen Käfer oder sonst etwas Lebendes schaffen", wandte ich ein. „Jedes Leben, und mag es noch so gering erscheinen, ist von Gott gewollt und hat einen Sinn. Niemand hat das Recht, es zu zerstören, Graf Vladimir."

Er schaute mich prüfend, fast amüsiert an, ich hielt seinem Blick stand. Schließlich meinte er ein wenig mitleidig: „Sie sind ein liebes, naives Kind, Annalena. Leider ist es völlig egal, ob dieser Käfer lebt oder nicht, er ist auf jeden Fall dem Tod geweiht. Wir Menschen haben einen Geist, einen Verstand, der gleichfalls von Gott gewollt ist, wir können also selbst entscheiden, ob wir leben wollen und wie lange. Mein Leben ist vorbei, ich weiß es und ich spüre es. Ich bitte Sie noch einmal, Annalena, ein letztes Mal, helfen Sie mir, es zu beenden. Sie können es nicht verhindern, es wird mit oder ohne ihre Hilfe geschehen. Es wäre Ihnen ein Leichtes mir zu helfen, Annalena."

Zwei Tage später musste ich am frühen Morgen Professor Dreissinger melden, dass Graf Vladimir Draculea während der Nacht friedlich eingeschlafen ist. Dass im Medizinschrank eine Schachtel Schlaftabletten fehlte, bemerkte niemand, für die Anlieferung, Registrierung und Ausgabe der Medikamente war allein ich zuständig.

Graf Vladimir Draculea wurde in das Bergdorf überführt und zu seiner Burg gebracht, wo man ihn in der Familiengruft beisetzte.

Er war heimgekehrt zu seinen Ahnen, war einer der ihren geworden, so wie er es sich gewünscht hatte. Wer wollte über ihn richten? Oder über mich? Wer sollte das tun?

Der Fluch des Rubins.

Nicht lange danach schickte mich Professor Dreissinger nach Hause, in die Berge. Er meinte, ich brauche Abstand, seit dem Tod des Grafen sei ich nicht mehr dieselbe. Ich sei zerstreut und unkonzentriert und da passieren Fehler.

Das merkte ich auch, deshalb sträubte ich mich nicht lange. Ich packte meine sieben Sachen und nahm Abschied von Barbara, die mir in all den Jahren eine liebe Freundin geworden war, von den Pflegern, den Ärzten und von Professor Dreissinger. Dann bestieg ich den erstbesten Bummelzug nach Hause.

Es war Abend, als ich ankam und an die Tür unseres Hauses pochte, Mama Cora tat mir auf. Sie war überrascht, aber auch sehr erfreut über mein unerwartetes Erscheinen. Sie führte mich in die Küche, wo Vater gerade am Tisch saß und zu Abend aß. „Sieh nur, Walter, wen wir da haben", meinte sie fröhlich.

„Hallo, Vater", grüßte ich ihn.

„Hallo, Lena." Er stand auf und gab mir die Hand. „Das ist aber eine gute Überraschung. Komm, setz dich und iss etwas mit uns. Du musst mächtig Hunger haben, nicht wahr?"

Er war ein wenig älter geworden, hatte ein paar Falten mehr um die Augen und auf der Stirn, ansonsten aber wirkte er so vital wie eh und je. Mama Cora stellte für mich einen Teller Suppe auf den Tisch und meinte: „Guten Appetit, Lena, Wenn du gegessen hast, dann hast du bestimmt viel zu erzählen."

Ich löffelte meine Suppe und fühlte mich gut wie lange nicht, ich fühlte mich zuhause. Das Gespenst der Großmutter war wohl für immer aus dem Haus verbannt. Und wenn nicht, ich fürchtete mich nicht mehr vor ihr, seit ich Graf Vladimirs Kreuz um den Hals trug. Ich erzählte Vater und Mama Cora ein wenig vom Kloster, vom Krankenhausalltag, von Professor Dreissinger und den Kollegen, auch, dass ich inzwischen eine diplomierte Krankenschwester sei. Von Graf Vladimir erzählte ich nichts, dazu war ich zu diesem Zeitpunkt nicht in der Lage.

„Was machen Wolfgang, Ulf und Arnd? Wohnen sie noch zu Hause?", wollte ich schließlich wissen. „Nun", berichtete Vater, „Arnd hat inzwischen in einen Bauernhof eingeheiratet, er hat einen kleinen Buben, und Ulf baut in der Schreinerei seines zukünftigen Schwiegervaters Schlitten und Fuhrwerke. Wolfgang ist ein Förster geworden, er arbeitet in den Wäldern der Grafenschaft. Seit dem Tod des Grafen und seines Försters werden sie kommissarisch von unserer Gemeine verwaltet."

„Du meinst, der Oberförster ist tot?", wunderte ich mich betroffen. „Aber wieso? Und was ist mit der Forstmeisterei, die Aufsicht darüber oblag doch ihm."

„Ach, ja, das weißt du noch gar nicht, Lena, in der Burg hat es gebrannt. Der Oberförster, die Hausdame und der Hausdiener sind leider in den Flammen umgekommen, man nimmt an, sie haben versucht, zu retten, was zu retten ist. Das Feuer muss in der Bibliothek ausgebrochen sein, sie ist am meisten zerstört. Die schönen Buchenholzregale mit all den Büchern, persönlichen Aufzeichnungen und Familienchroniken sind verbrannt, heißt es. Der gesamte Dachstuhl brannte lichterloh, ein Wunder, dass der Luftzug die Funken nicht bis zum Wald gestreut hat, sonst wäre die Katastrophe noch größer gewesen."

„Um Himmels Willen", meinte ich erschrocken, „wann ist denn das passiert?"

„Nun, das mag jetzt ungefähr vier Wochen her sein. Der Graf war zu dieser Zeit abwesend, das war einerseits ein Glück, denn sonst wäre er wahrscheinlich auch in den Flammen umgekommen. Vom Brand hat er wohl kaum etwas erfahren, denn später brachte man ihn nach Hause, er sei in irgendeiner Klinik gestorben, hieß es. Nun ja, man wusste ja, seine Gesundheit war nicht die allerbeste, aber trotzdem, dass es dann doch so plötzlich mit ihm gehen würde, damit hat keiner gerechnet. Er wurde in der Familiengruft der Grafen beigesetzt, einige Leute vom Gemeinderat und die Förster hatten daran teilgenommen. Ach ja, und eine zufällig anwesende Verwandte aus England. Man sagt, sie heiße Elisabeth von Hohenstein und sei eine ungewöhnlich schöne Frau. Jedenfalls hat wenigstens sie den Brand überlebt. Sie ist nach der Bestattung des Grafen schnell abgereist, was man ja durchaus verstehen kann."

Als Wolfgang kam, er war ein stattlicher, junger Mann geworden und trug eine grüne Joppe und einen Försterhut, was ihm gut stand, da war die Freude groß. „Mensch, Lena, lass dich anschauen", meinte er, mich mit den Händen etwas auf Abstand haltend und mich schmunzelnd betrachtend. „Du bist ja erwachsen geworden, eine richtige Frau und hübsch dazu. Würde mich nicht wundern, wenn du einen Verehrer hättest."

„Da muss ich dich enttäuschen, Wolfgang", antwortete ich lachend. „Und du? Hast du jemand, den du magst."

„Vielleicht, Lena, könnte gut sein. Natürlich steckt mir der Brand auf der Burg und der Tod des Grafen noch gehörig in den Knochen."

Dann erzählte er, wie er die schrecklichen Begebenheiten erlebt hatte. „Den Brand", meinte er, „konnten wir relative schnell unter Kontrolle bringen, das ganze Dorf half beim Löschen mit. Aber dann fanden wir die verkohlten Leichen der Unglücklichen. Sie müssen verzweifelt versucht haben, das Feuer zu löschen. Zum Glück war der Graf nicht anwesend, er befand sich zu der Zeit in einer Klinik. Leider verstarb er dort. Ich muss sagen, das war für die Dorfbewohner der größere Schock, denn keiner hatte geahnt, wie krank der Graf wirklich war. Obwohl ihn kaum einer persönlich kannte, trauern sie sehr um ihn. Sie meinen, das Tal und das Dorf habe mit ihm seine Identität, ja seine Seele verloren."

„Was wird nun aus der Burg?", wollte ich wissen. „Wird man sie wieder aufbauen?"

„Das weiß niemand, Lena", meinte Wolfgang. „Den verkohlten Dachstuhl hat man inzwischen mit Planen abgedeckt, damit es nicht hineinregnen kann. Außer der völlig zerstörten Bibliothek, in der offensichtlich der Brand ausgebrochen ist, ist kein allzu großer Schaden entstanden, wenn man von den Toten einmal absieht. Wie der Brand entstehen könnte, bleibt ein Rätsel, ein Gewitter hat es jedenfalls in der Zeit nicht gegeben. Ach, ja, noch etwas Seltsames hatte man nach dem Brand festgestellte, im Mausoleum hat es die zentnerschwere Marmorplatte des Sarkophags verschoben, man nimmt an, wegen des ungeheuren Luftdrucks, der bei einem Brand entstehen kann. Man hat die Marmorplatte inzwischen mit Hebeln und Seilen wieder zurechtgerückt."

Mit Hebeln und Seilen also? „Könnte man damit nicht auch die Marmorplatte aufgeschoben haben?", überlegte ich. Ein ungeheurer Gedanke, wenn man ihn weiterdachte, denn dann musste man automatisch auf eine bestimmte Person kommen, auf die schöne Cousine des Grafen Vladimir Deaculea nämlich. Sie wusste vom Rubin, sie könnte sich als dessen berechtigte Erbin angesehen haben.

„Was ist mit der Gräfin im Sarkophag? Ist sie unversehrt geblieben?", fragte ich.

„Soweit das bei einer über fünfhundert Jahre alten Mumie möglich ist", meinte Wolfgang mich erstaunt anschauend. „Ein kleines Gerippe, einige poröse Stoffreste, weiter nichts."

„Gar nichts?", hakte ich nach.

„Gar nichts", bestätigte es Wolfgang, verwundernd die Stirn runzelnd. „Warum fragst du?"

„Ach, nur so", meinte ich leichthin. Einen Rubin von der Größe einer Feige, der Form und Farbe eines Blutstropfens und von einer unerreichten Reinheit hätte man gewiss nicht übersehen. Kein Zweifel, jemand musste den Sarkophag geöffnet und den Rubin entwendet haben.

Am Tag der Sonnenwende kam Arnd mit seiner Frau und seinem kleinen Sohn. Auch Ulf kam, er meinte, im Dorf hat es sich herumgesprochen, dass ich da bin, da musste er einmal vorbeischauen und guten Tag sagen. Das fand ich nett von ihm.

Mama Cora und ich hatten Eierkuchen auf großen Blechen gebacken und Klöße mit Rotkraut gekocht, dazu gab es einen Hasenbraten. Dank der Lebensmittel, mit denen Mama Cora oft für ihre Geburtshilfen entlohnt wurde, war unser Tisch besonders an solchen Tagen immer gut gedeckt.

„Du musst öfter kommen, Annalena", mahnte mich Mama Cora, während wir am Tisch saßen und es uns schmecken ließen. Die anderen gaben ihr recht. „Nicht einmal an den Weihnachtsfeiertagen hast du dich blicken lassen", fügte Wolfgang leicht vorwurfsvoll hinzu.

„Weil die Kranken auch an den Feiertagen Pflege und Ansprache brauchen", glaubte ich mich verteidigen zu müssen. „Gerade in solchen Zeiten kann ich meine Kollegen und Professor Dreissinger nicht im Stich lassen."

„Deswegen sind wir richtig froh, dass du heute hier sein kannst, Annalena", meinte Vater lächelnd.

„Weshalb, wenn du dich so unabkömmlich wähnst, hat es ausgerechnet jetzt geklappt, dem Krankenhaus fern zu bleiben", wollte Ulf ein wenig provokant wissen.

„Das kann ich dir gern sagen, Ulf", meinte ich ruhig. „Professor Dreissinger beurlaubte mich, weil er glaubte, ich hätte es nach vier Jahren ununterbrochenen, engagierten Einsatzes nötig. Außerdem hatte ich Heimweh und wollte euch sehen."

Ich legte ihm einen Kloß auf den Teller. Ich wusste, er war verrückt auf Klöße.

Obwohl ich mich bei Vater, Mama Cora und den Brüdern willkommen fühlte, drängte es mich nach einiger Zeit doch wieder zurück in den Krankenhausbetrieb, wo jede Hand dringend gebraucht wurde, wie ich wusste. Zuvor aber wollte ich einmal hinauf zur Burg steigen, um mir die Schäden des Brandes aus der Nähe anzusehen, vielleicht auch um die Gruft zu besuchen, in der Graf Vladimir seine letzte Ruhe gefunden hatte. Dann würde vielleicht auch ich meinen inneren Frieden wieder finden.

Es war ein schöner Nachmittag, Mama Cora war mit ihrem Motorrad unterwegs und auch Vater war nicht da, als ich mich auf den Weg machte. Ich wanderte durch das friedlich wirkende Dorf, nur wenige Menschen begegneten mir, sie erwiderten freundlich meinen Gruß. Auf der Brücke dachte ich wehmütig an Begebenheiten, die mit ihr und dem Bach zusammenhingen, danach stieg ich auf dem mir wohl bekannten Schleichweg den Berg hinan. Nach einem schnellen Aufstieg unter urwüchsigen, alten Bäumen stand ich ein wenig außer Atem geraten vor der Burg.

Die große Wiese davor war verwaist, es grasten weder Pferde noch Schafe noch Kühe darauf. Die Burg selbst wirkte hinter der starken Mauer trutzig und düster wie eh und je. Vom Brand war nicht viel zu sehen, die Türme und Erker hatten den Flammen standgehalten, nur im Mittelhaus waren einige Fenster zerborsten und eine große Plane deckte die teils eingestürzten Reste des Dachgebälks ab.

„Seltsam", dachte ich, „wenn der Brand nur im Obergeschoss des Mittelhauses gewütet hat, also relativ begrenzt war, warum konnten sich die anwesenden Leute nicht retten? Zumindest der Oberförster muss ein kräftiger, sportlicher Mann gewesen sein, warum musste selbst er in den Flammen umkommen?"

Das Tor in der Burgmauer war verschlossen, leider, also wanderte ich um die Burg herum zum kleinen Friedhof. Von dort aus waren die Brandschäden deutlicher zu sehen, es gab große, verrußte Stellen an der Außenmauer des Mittelhauses. Dort musste der Brand ausgebrochen sein, dort war also die Bibliothek oder was noch von ihr übrig war. War wirklich alles verbrannt? Konnte wirklich gar nichts von den kostbaren Büchern und Dokumenten gerettet werden?

Ich betrachtete die schlichten, stark verwitterten, zumeist schief in die Erde versunkenen, grauen Grabsteine. Die eingravierten Buchstaben daran waren kaum noch zu entziffern, aber dass es einfache Menschen gewesen sein mussten, die hier begraben waren, das war noch zu erkennen. „*Sofie Neumann, Kammerfrau und Zofe,* konnte man auf einem Grabstein gerade noch lesen, auf einem anderen, *Georg Müller, Koch,* auf einem dritten, *Marga Lavosky, Wäscherin,* dazu die Geburts- und Sterbedaten, die teilweise bis in das frühe achtzehnte Jahrhundert zurückgingen. Die hier ruhten mussten treugediente Leute der Burgherren gewesen sein, denen man die besondere Ehre erwiesen hatte, nah bei der Burg bestattet zu werden.

Während ich ins Dorf hinunterlief, begleitete mich ein ungutes Gefühl. War es nicht so, dass ich, wo immer ich auch war, einen Toten hinterließ? Zuerst war es die Mutter gewesen, die sich mit zwei kleinen

Kindern der bitteren Not nicht gewachsen sah, dann Großmutter Margot, die durch meine Hand zu Tode kam, und schließlich Graf Vladimir, den ich über die Maßen verehrte und es immer noch tat. Die Seele tat mir bei dem Gedanken an ihn weh.

Ich war Krankenschwester aus Berufung, so empfand ich es. Man brauchte mich, man wartete auf mich, aber konnte ich mit dieser Last überhaupt die Verantwortung für physisch und psychisch Kranke übernehmen?

Bald darauf verabschiedete ich mich vom Vater, von Mama Cora und den Brüdern mit dem Versprechen, bis zum nächsten Wiedersehen nicht mehr arg so viel Zeit vergehen zu lassen. Eventuell würde es schon das nächste Weihnachten klappen. Ich nahm es mir jedenfalls fest vor.

In der Folgezeit blieb die Burg sich selbst überlassen. Die Bewohner des Dorfes trauten den Gespenstern darin nicht, manche behaupteten sogar, zu gewissen Zeiten des nachts in der Burg ein ausgelassenes Lärmen von feiernden Menschen zu hören, dazu eine schauerlich eintönige Musik. Man versuchte die

Burg möglichst zu vergessen, was zumindest zeitweise auch gelang.

Aber dann tauchte in den sechziger Jahren plötzlich ein Filmteam auf und brachte das Dorf in helle Aufregung. Es hieß, die Burg eigne sich hervorragend für einen Horrorfilm. Das Dach des Hauptgebäudes sollte neu aufgebaut und das schöne Treppenhaus, die große Küche mit allem Inventar und die wichtigsten Wohn- und Schlafräume in den alten Zustand versetzt werden. Nicht zu vergessen die Bibliothek, das Mausoleum und die Gruft der Grafenfamilie.

Die Handwerker in der Umgebung sollten die Arbeiten möglichst zeitnah ausführen. Für das Gebälk des Dachstuhls und für das Treppenhaus wurde die Schreinerei von Ulfs Schwiegervater beauftragt.

Keine Mühe war anscheinend zu viel und keine Kosten schienen zu hoch. Für die Handwerker der Umgebung war es ein Segen, aber den Dorfbewohnern waren die Umtriebe im Dorf und auf dem Berg nicht geheuer. Was, wenn der Zirkus danach nicht aufhörte, wenn noch mehr Filmteams kämen und ihr beschauliches Tal und die Berge ringsum heimsuchten, so wie es in früherer Zeit die Türken getan hatten?

Manche munkelten, dass der Investor des Films die geheimnisvolle, schöne Verwandte des Grafen aus dem fernen England sei, sie musste ungeheuer reich sein. Wenn sie die Erbin der Burg war, was man annehmen konnte, dann musste sie nach dem Brand, den sie als einzige überlebt hatte, auf eine gewinnbringende Nutzung ihres Erbes bedacht sein. Man befürchtete sogar, sie könnte, nachdem die Filmarbeiten beendet sein würden, ein luxuriöses Ferienhotel oder ähnlichen aus der mittelalterlichen Burg und dem angrenzenden Waldgebiet machen. Die Ortsvorsteher allerdings wussten nichts davon, noch nicht, nur, dass ein Verwalter die Belange der Burg kommissarisch übernommen hatte.

Im Winter dann begannen die Dreharbeiten. Auch wenn die Dorfbewohner mitunter als Statisten mitspielen durften, blieben sie misstrauisch. Man weiß ja nie, welche Auswirkungen das alles noch haben würde.

Sie sollten recht behalten, mit der Beschaulichkeit im Tal und auf dem Berg war es danach ziemlich dahin. Der Film schlug ein wie eine Bombe, er wurde in Europa, in Amerika und Asien ein Riesenerfolg, ein Welterfolg sozusagen. Die Burg wurde zum Touristenmagnet, alle kamen und wollten die Originalschauplätze des Films, die Burg des Vampirs Draculea und seiner Blutsgräfin sehen.

Als ich davon hörte, schauerte es mich bei dem Gedanken an die Toten in der Gruft und der Toten im Sarkophag, die zur Attraktion und zum Spektakel geworden waren. Sollte die schöne Elisabeth aus England das Andenken ihrer Angehörigen und Ahnen im fernen Transsylvanien aus Habsucht so schmählich missachtet haben?

Was, wenn sie wirklich den Unglücksrubin an sich genommen hat? Vielleicht mit Hilfe der Bauarbeiter, die sie reichlich dafür entlohnt haben könnte, immerhin hat man nach dem Brand keinen von ihnen mehr gesehen, wie ich hörte. Wenn dem wirklich so war, dann würde sich das Unglück, welches nicht nur die Grafen Draculea getroffen hatte, bei ihr und ihren Nachkommen fortsetzen.

Durch das große Fenster schlich unmerklich das erste Morgenlicht herein und ließ die Konturen im Krankenzimmer deutlicher hervortreten. Die Greisin im Nachbarbett schwieg, sie schlief nicht, sie schaute nur grübelnd vor sich hin. Ich hatte meinen Notizblock längst beiseitegelegt, die Nachtlampe über meinem Bett ausgeschaltet und nur noch zugehört, hellwach und gebannt. Ich war kein bisschen müde, war es während der ganzen Nacht nicht gewesen. Ich würde mir bestimmt alles, was sie, Annalena, erzählt hat, merken.

„Haben Sie je wieder von ihr gehört, Annalena", fragte ich, als ich sah, dass sie zu mir herüberschaute.

„Von der schönen Elisabeth?", fragte sie. „Oh, ja, ich habe ihr Schicksal in den Zeitungen verfolgt, bis zu ihrem Tod. Sie war viele Jahre mit einem erfolgreichen Filmproduzenten verheiratet und spielte in vielen seiner Filme die Hauptrolle, sie wurde von aller Welt bewundert und beneidet. Ihre ausschweifenden Feste in ihrer Villa in Los Angeles waren berühmt. Dass dabei Drogen im Spiel waren, war ein offenes Geheimnis.

Mitte der siebziger Jahre wurden sie, ihre Gäste und ihre zwei entzückenden Kinder in ihrer Villa, während einer Party auf die brutalste Weise ermordet. Es war ein Desaster, ein Blutbad, welches die ganze Filmbranche und ihre Fans in Entsetzen stürzte. Die Mörder, eine wüste Bande, waren schnell gefunden.

Ihr Ehemann, der erfolgreiche Filmproduzent, zog sich daraufhin aus dem Filmgeschäft zurück. Es dauerte lange, bis er wieder zu arbeiten anfing. Jedermann hatte Verständnis dafür.

Später allerdings wurde er von einer Frau angezeigt, die behauptete, sie wurde von ihm, als sie in einem seiner früheren Filme mitgespielt hatte, vergewaltigt. Es gab endlose Schauprozesse, ein Fressen für die Medien. Der Filmproduzent wurde für schuldig befunden und zu vielen Jahren Haft verurteilt.

Vom Blutsrubin hörte ich nichts mehr, aber wer immer ihn besitzt, wo immer er hingetragen wird, er wird Tod und Verderben bringen."

Meine Augenuntersuchung am Vormittag ergab, dass ich den grauen Star habe. Das Autofahren sollte ich möglichst unterlassen, hieß es, und mich baldigst einer Augen-OP unterziehen. Na, toll, wusste ich es doch, man geht heil in ein Krankenhaus hinein und kommt als Invalide wieder heraus. Aber Scherz beiseite, ich werde der Empfehlung der Ärzte natürlich nachkommen.

Ich packte meinen Kram zusammen, in meinem Buch hatte ich keine einzige Zeile gelesen, dafür aber war mein Notizblock ziemlich vollgekritzelt, und verabschiedete mich von meiner Bettnachbarin. Ich muss gestehen, ich hatte sie in den paar Tagen lieb gewonnen. Oder sollte ich sagen, in den paar Nächten?

„Eine Frage hätte ich noch, liebe Frau Haberle", meinte ich. „Haben Sie je geheiratet? Verzeihen Sie, wenn ich das frage, aber Sie haben es nicht erwähnt."

„Schon gut", entgegnete sie und ein feines Lächeln verschönte ihr kleines Greisengesicht. „Nein, Frau Baumgart, ich habe nicht geheiratet. Aber das heißt nicht, dass ich nicht meiner großen Liebe begegnet wäre." Sie nestelte mit zitternden Fingern an ihrem Nachthemdausschnitt herum und beförderte schließlich ein Kettchen hervor, an dem ein metallenes Kreuz hing. „Ich habe es nie abgelegt", meinte sie ein wenig verlegen. „Wissen Sie, Frau Baumgart, im Nachhinein gesehen hat sich in meinem Leben alles wunderbar gefügt, ich war und bin ein glücklicher Mensch, trotz allen Unsicherheiten. Aber nun wird es Zeit für mich zu gehen, vielleicht werde ich *ihn* im Jenseits wieder begegnen, wer könnte das ausschließen. Das Kloster-Krankenhaus habe ich übrigens nie verlassen, es wurde mir zur Heimat, das Helfen und Lindern zur Berufung, auch noch, nachdem uns Professor Dreissinger verlassen hatte. Ich habe darin gearbeitet, bis uns mein Bruder hierher gebracht hat."

„Danke, Frau Haberle", meinte ich und drückte vorsichtig ihre zarte, welke Hand. „Danke für alles. Ich wünsche Ihnen alles Gute und dass sich ihre Wünsche erfüllen mögen. Auf Wiedersehen, Frau Haberle."

In der Eingangshalle wartete Bernhard auf mich, er nahm mir die Tasche ab und grinste mich erleichtert an. „Das mit der Augen OP überlegen wir uns noch, Charlotte", meinte er. „Nicht, dass ich dir danach nicht mehr gefalle. Aber nun komm, lass uns nach Hause fahren."

T r i l o g i e

J u g e n d b ü c h e r

Eine Auflistung aller Buchtitel und eBooks
mit ISBN-Nummern finden Sie auch unter der
Web-Adresse: http://www.hannelore-deinert.de

Die Bücher und eBooks der Autorin sind im
Buchhandel,
den Verlagen oder im Internet erhältlich.

Hannelore Deinert ist in Kelheim an der Donau geboren und wuchs ohne Vater auf, er ist im Krieg geblieben. Nach einigen Wanderjahren und einem sehr intensiven Familien- und Berufsleben, sie betrieb in Münster bei Dieburg ein Spielwaren- und Bastelgeschäft, fand sie die Zeit, ihrer Leidenschaft, dem Schreiben, nachzukommen. Sie absolvierte erfolgreich ein Literatur Fern-Studium und schreibt Romane, Kurzkrimis, Gedichte, Jugend- und Kindergeschichten. Ihr Motto ist: *Pures Licht blendet zu sehr, zum Glück gibt es auch den Schatten.*

http://www.hannelore-deinert.de